O SEGREDO DE ELLA & MICHA

Quando o amor esconde segredos

Jessica Sorensen

O SEGREDO DE ELLA & MICHA
Quando o amor esconde segredos

Tradução
Marsely Dantas

GERAÇÃO

Título original:
The secret of Ella and Micha

Copyright © 2012 by Jessica Sorensen

1ª edição — Novembro de 2013

Grafia atualizada segundo o Acordo Ortográfico da Língua Portuguesa de 1990,
que entrou em vigor no Brasil em 2009

Editor e Publisher
Luiz Fernando Emediato

Diretora Editorial
Fernanda Emediato

Produtora Editorial e Gráfica
Priscila Hernandez

Assistente Editorial
Carla Anaya Del Matto

Capa
André Siqueira

Projeto Gráfico e Diagramação
Ilustrarte Design e Produção Editorial

Preparação de Texto
Karina Gercke
Sandra Martha Dolinsky

Revisão
Marcia Benjamim
Rinaldo Milesi

Dados Internacionais de Catalogação na Publicação (CIP)
(Câmara Brasileira Do Livro, SP, Brasil)

Sorensen, Jessica
    O segredo de Ella e Micha / Jessica Sorensen ; tradução
Marsely Dantas. – 1. ed. – São Paulo : Geração Editorial, 2013.

    Título original: The secret of Ella and Micha
    ISBN 978-85-8130-182-2

    1. Ficção norte-americana I. Título.

13-07004   CDD-813

GERAÇÃO EDITORIAL

Rua Gomes Freire, 225 – Lapa
CEP: 05075-010 – São Paulo – SP
Telefax: (+ 55 11) 3256-4444
E-mail: geracaoeditorial@geracaoeditorial.com.br
www.geracaoeditorial.com.br
twitter: @geracaobooks

Impresso no Brasil
Printed in Brazil

Prólogo

Ella

Será que consigo voar? Com o vento e a chuva em meu cabelo e meus braços abertos, parece algo possível. Talvez, se eu tiver coragem suficiente para pular do fino beiral, flutue dentro da noite, como um pássaro com asas poderosas.

Talvez, assim, possa ficar junto dela.

— O que você está fazendo? — pergunta Micha num tom de voz mais alto que o normal. — Desça daí. Você vai se machucar.

Seus olhos azuis muito claros me atravessam por entre a chuva e suas mãos estão nas vigas sobre sua cabeça, reticentes a saltar ao beiral.

— Acho que não — digo. — Creio que consigo voar... assim como ela.

— Sua mãe não podia voar — diz Micha. Ele se equilibra no parapeito e olha para baixo, para a água turva abaixo de nossos pés. — O que você tomou?

— Uma das pílulas dela. — Inclino a cabeça para trás e exponho meu rosto à chuva. — Só queria ver como era para ela. Porque ela se achava invencível.

Ele desce da viga com os braços apoiados nas laterais, e as botas desajeitadas escorregam no metal molhado. Os relâmpagos brilham sobre nossa cabeça e colidem com a terra.

— Sua mãe não sabia das coisas, mas você sabe — diz. Segurando com uma das mãos no fio de metal acima de nós, estende-me a outra. — Agora, venha aqui. Você está me matando de medo.

— Não sei se posso — respondo delicadamente, elevando a cabeça para trás ao virar o rosto em sua direção. — Não tenho certeza se quero.

Ele ousa dar um passo adiante e seus cílios espessos piscam de maneira impetuosa contra a chuva.

— Sim, você quer. Você é mais forte que isso — a mão de Micha se aproxima como que implorando. — Por favor, venha para cá.

Olhando para a água escura, meu corpo começa a se deixar levar.

— Pelo amor de Deus, Ella! — grita Micha num tom brusco, mostrando a tensão nos músculos. — Me dê sua mão!

Saio do meu transe e entrelaço meus dedos nos dele. Sua outra mão segura minha cintura e ele nos leva delicadamente à balaustrada, erguendo-me. Meus pés sentem o concreto da ponte cheia de poças d'água. As luzes dos refletores iluminam a noite, e o carro de Micha está estacionado no meio da ponte com a porta do motorista aberta, motor ligado e faróis acesos.

Ele pula a balaustrada e me envolve em seus braços, segurando-me com força, como se tivesse medo de me soltar. Por um segundo é bom estar ali, leve e sem controle. Afundo meu rosto contra o peito dele; o tecido úmido contra minha pele fria. Seu cheiro me leva a um lugar ao qual gostaria de poder voltar: minha infância. Onde as coisas não eram tão pesadas, pois eu era imatura demais para compreender a realidade da vida.

Micha afasta-se um pouco e tira meu cabelo molhado dos olhos.

— Nunca mais faça isso comigo. Não consigo viver sem você.

No entanto, ele precisa imaginar a vida sem mim, pois não sei por quanto tempo posso continuar sem me afogar.

— Micha, eu... — o olhar dele silencia meus lábios.

Ele sabe o que vou dizer, sempre sabe. É meu melhor amigo, minha alma gêmea. Em um mundo perfeito, cheio de rosas e do brilho do sol, estaríamos juntos. Mas este mundo é cheio de lares destruídos, pais bêbados e mães que desistem facilmente.

— Sinto muito — aproximo-me ainda mais ao dizer meu último adeus. — Não queria mais pensar. Era demais para mim e minha mente não aquietava. Mas está tudo bem agora. Já penso com clareza novamente.

Micha segura meu rosto com as mãos, sinto seus polegares queimando ao acariciarem minhas bochechas:

— Da próxima vez, me procure. Não saia correndo assim. Por favor. Sei que as coisas estão difíceis agora, mas vão melhorar. Sempre superamos todas as coisas ruins que aconteceram conosco.

As lágrimas correm por seus cílios, rosto e lábios. Há uma mudança no ar, que venho sentindo há tempos.

Vejo em seus lábios:

— Ella, eu te...

Pressiono os meus contra os dele, acalmando-o e transformando nossos corpos em um só. Permito que sua língua acaricie a minha, deixando-o saborear as gotas de chuva e meu gosto. Curvamo-nos um sobre o outro, como se nada pudesse nos separar, e o calor inunda as roupas encharcadas, aquecendo minha pele. Eu podia deixar que esse momento fosse eterno, mas seria errado.

A garota que ele pensa amar precisa desaparecer. Não quero que esta noite vá além da lembrança, então me afasto, sentindo seu cheiro uma última vez. Saio de perto e o deixo na ponte debaixo da chuva, juntamente com a Ella que ele conheceu.

Capítulo 1

8 meses depois...

Ella

Detesto espelhos. Não porque odeie meu reflexo nem porque sofra de eisoptrofobia. Espelhos enxergam além da imagem. Sabem quem eu fui; uma garota que falava alto, negligente, que mostrava ao mundo o que sentia. Não havia segredos.

Mas, agora, eles me definem.

Se um reflexo revelasse o que está do lado de fora, tudo bem. Meus cabelos longos e ruivos combinam com minha pele clara. Minhas pernas são longas, e de salto alto sou maior que a maioria das pessoas que conheço. Sinto-me confortável com isso. É o que está esquecido lá no fundo que me assusta, pois está quebrado, como um espelho estilhaçado.

Fixo um dos meus velhos esboços no espelho da parede do dormitório. Meu rosto está quase escondido atrás dos traços, ocultando toda minha expressão, exceto meus olhos verdes, cobertos pelas infinitas dores e segredos.

Faço um coque bagunçado e coloco os lápis de carvão numa caixa sobre minha cama, guardando-os junto com todos os materiais de arte.

Lila entra na sala com um sorriso animado e uma bebida na mão:

— Ai, meu Deus! Ai, meu Deus! Estou tão feliz que acabou.

Pegando um rolo de fita adesiva da cômoda, retruco com humor:

— Ai, meu Deus! Ai, meu Deus! O que você está bebendo?

Ela estende a xícara em minha direção e pisca:

— Suco, tolinha. Só estou muito animada por ter um tempo livre. Mesmo que isso signifique que tenho que ir para casa — diz colocando o cabelo atrás da orelha e pegando a maquiagem na bolsa. — Você viu meu perfume?

Aponto para as caixas sobre sua cama.

— Acho que guardou em uma das caixas. Mas não tenho certeza de qual, já que não estão rotuladas.

Lila faz uma careta e diz:

— Nem todas somos maníacas por organização. Honestamente, Ella, às vezes acho que você tem TOC.[1]

Escrevo "Material de Arte" de forma bem clara na caixa, coloco a tampa na minha caneta e digo, brincando:

— Acho que você está implicando comigo.

— Maldição! — ela blasfema, cheirando a si mesma. — Preciso muito do perfume. Esse calor todo está me fazendo suar. — Ela retira algumas fotos do espelho da cômoda e as joga na caixa aberta. — Juro que está fazendo mais de quarenta graus lá fora.

— Acho que está mais quente que isso.

Jogo meus trabalhos acadêmicos no lixo, todos com nota "A". No ensino médio, costumava tirar apenas "C". Nem havia planejado ir à faculdade, mas a vida muda, as pessoas mudam.

Lila estreita os olhos azuis em frente ao espelho.

— Você sabe que não ficaremos no mesmo dormitório quando voltarmos das férias, então, se não tirar todos os seus trabalhos de arte, a próxima pessoa que ocupar o quarto vai jogá-los fora.

---

[1] Transtorno obsessivo compulsivo. (N. da T.)

O segredo de Ella e Micha

Não passam de um monte de rabiscos; rascunhos de olhos assombrados, rosas negras entrelaçadas por espinhos, meu nome traçado num padrão confuso. Não têm importância, exceto um: o desenho de um velho amigo tocando violão. Retiro esse da parede, com cuidado para não rasgar os cantos.

— Vou deixá-los para o próximo morador — respondo com um sorriso. — O quarto já terá alguma decoração.

— Tenho certeza de que o próximo morador vai querer se olhar no espelho — diz dobrando uma camiseta rosa. — Não entendo por que você evita o espelho. Você não é feia, El.

— Não é isso.

Olho para o desenho que capta a intensidade dos olhos de Micha.

Lila arranca o retrato das minhas mãos, amassando um pouco as pontas:

— Um dia você vai me contar quem é esse bonitão.

— É só um cara que conheci — respondo pegando o desenho de volta. — Mas não nos falamos mais.

— Qual o nome dele? — pergunta Lila ao colocar uma caixa ao lado da porta.

Coloco o desenho dentro da caixa e a fecho com um pedaço de fita.

— Por quê?

Ela dá de ombros e responde:

— Só para saber.

— O nome dele é Micha. — É a primeira vez que digo seu nome em voz alta desde que saí de casa. Dói como algo entalado na garganta. — Micha Scott.

Minha amiga, olhando de relance, joga o restante das roupas numa caixa.

— Há muita paixão nesse desenho. Não me parece um cara qualquer. É um ex-namorado ou coisa assim?

Jogo a mochila com minhas roupas ao lado da porta e respondo:

— Não, nunca namoramos.

Recebo um olhar de dúvida:

— Mas chegaram perto, não é?

— Não. Já falei que éramos apenas amigos.

Mas só porque eu não permitia que fôssemos nada além disso. Micha conseguia ver muito de mim e eu tinha medo de permitir que visse muito mais.

Prendendo o cabelo avermelhado num rabo de cavalo e fazendo uma careta, ela diz:

— Micha é um nome interessante. Acho que o nome diz muito sobre a pessoa. — Bate com as unhas esmaltadas no queixo, como se estivesse pensando. — Aposto que ele é gostoso.

— Você aposta nisso com todos os caras — provoco-a ao guardar minhas maquiagens numa bolsa.

Ela sorri, mas há tristeza em seus olhos.

— Sim, é bem provável que você tenha razão — suspira. — Será que ao menos, ao deixá-la em casa, verei esse misterioso Micha sobre quem se recusou a falar durante os oito meses em que dividimos o mesmo quarto?

— Espero que não — retruco, deixando-a desolada. — Sinto muito, mas Micha e eu... não temos uma relação amistosa e não falo com ele desde que entrei na faculdade, em agosto. Micha nem mesmo sabe onde estou.

Ela apoia uma mochila cheia de coisas nos ombros e diz:

— Essa história parece muito boa para nossas próximas doze horas de viagem de volta.

— De volta para casa...

O segredo de Ella e Micha

Meus olhos se arregalam para o quarto vazio que foi meu lar nos últimos oito meses. Não estou pronta para voltar e encarar todo mundo que abandonei. Principalmente Micha. Ele consegue ver através de mim melhor que um espelho.

— Você está bem? — Lila pergunta preocupada.

Meus lábios esboçam um sorriso tenso ao mesmo tempo que escondo meus sentimentos de pânico bem lá no fundo:

— Estou ótima. Vamos.

Seguimos em direção à porta segurando as últimas caixas. Ao bater as mãos nos bolsos vazios, percebo que deixei meu celular para trás.

— Espere um pouco. Acho que esqueci meu celular. — Coloco a caixa no chão e corro de volta ao quarto, olhando ao redor dos sacos de lixo, dos poucos copos plásticos vazios sobre a cama, e para o espelho. — Onde está?

Procuro debaixo da cama e dentro do armário.

A melodia suave da música *Funhouse*, da Pink, começa a tocar debaixo de um saco de lixo; é meu toque para chamadas não identificadas. Levanto o saco e vejo meu celular com a tela acesa. Pego-o, e meu coração bate acelerado. Não é um número desconhecido, ele apenas nunca foi gravado em meu celular quando troquei de operadora.

— Micha.

Minhas mãos tremem, incapazes de atender, e sem forças para silenciar o telefone.

— Você não vai atender? — pergunta Lila ao entrar no quarto, fazendo cara de confusa. — O que foi? Parece que viu um fantasma ou algo parecido.

O telefone para de tocar e coloco-o no bolso de trás do meu *short*.

— Precisamos ir. Temos uma longa viagem pela frente.

Lila bate continência:

— Sim, senhora.

Estende-me seu braço e seguimos para o estacionamento. Ao chegar ao carro, ouço o bipe do meu telefone.

Mensagem de voz.

Micha

— Por que Ella Daniels é um nome tão comum? — Ethan resmunga na cadeira em que está sentado. Pernas apoiadas na escrivaninha enquanto navega preguiçosamente pela internet. — A lista é assustadoramente interminável, cara. Nem estou conseguindo enxergar direito — reclama, esfregando os olhos. — Posso fazer um intervalo?

Balançando a cabeça negativamente, ando pelo quarto de um lado para o outro com o celular no ouvido, chutando roupas e outras merdas que estão no meio do caminho. Aguardo o escritório central da Universidade de Indiana, esperando por respostas que provavelmente não estão lá. Mas tenho que tentar. Venho tentando desde o dia em que Ella sumiu da minha vida. O dia em que prometi a mim mesmo que a encontraria, custasse o que custasse.

— Tem certeza de que o pai dela não sabe onde ela está? — Ethan pergunta recostando a cabeça no apoio da cadeira de escritório. — Posso jurar que o velho sabe muito mais do que está dizendo.

— Se ele sabe, não me falou — respondo. — Ou sua cabeça de bêbado guardou a informação no lugar errado.

Ethan roda a cadeira, indagando:

— Você já considerou o fato de que talvez ela não queira ser encontrada?

— Todo santo dia — resmungo. — O que me deixa mais determinado a encontrá-la.

Ethan volta sua atenção ao computador novamente e continua a busca pela quantidade interminável de "Ella Daniels" no país. Mesmo sem ter certeza de que ela ainda está no país.

O secretário retorna ao telefone e dá a resposta esperada. Não é a Ella Daniels que estou procurando.

Desligo e jogo o telefone na cama:

— Maldição!

Ethan me olha de relance e pergunta:

— Não deu sorte?

Fico prostrado na cama segurando a cabeça com ambas as mãos:

— Mais um beco sem saída.

— Olha só, sei que você sente falta dela e tudo mais — diz digitando —, mas precisa dar a volta por cima. Toda essa choradeira está me deixando com dor de cabeça.

Ele tem razão. Sacudo o corpo, tentando me livrar da autopiedade, visto um agasalho preto com capuz e botas pretas.

— Tenho que comprar uma coisa. Você vem ou fica?

Ele coloca os pés no chão, agradecendo a Deus por sair da escrivaninha.

— Sim, mas podemos ir até minha casa? Preciso pegar a bateria para o ensaio de hoje. Você vai, ou ainda está em greve?

Enfio o capuz e vou para a porta dizendo:

— Não, tenho umas coisas para fazer esta noite.

— Papo furado — retruca Ethan prestes a desligar a tela do computador. — Todo mundo sabe que você não toca mais por causa de Ella. Mas precisa deixar de ser covarde e superar essa história.

— Acho que...

Afasto a mão dele do botão e olho de relance a foto de uma garota na tela. Tem os mesmos olhos verdes e os mesmos cabelos longos e ruivos de Ella. Mas está de vestido, e não usa o forte delineador preto nos olhos. Não parece verdadeira, como se estivesse fingindo ser feliz. A Ella que eu conheci nunca fingiria.

Mas só pode ser ela.

— Cara, o que você está fazendo? — reclama Ethan assim que pego o telefone na cama. — Pensei que houvesse desistido por hoje.

Toco a tela e ligo para o serviço de informações.

— Sim, pode me dar o número de Ella Daniels em Las Vegas, Nevada? — Espero, preocupado que ela não esteja na lista. — Ela está em Vegas.

Ethan examina a foto de Ella na tela. Está ao lado de uma garota loira, de olhos azuis, em frente ao *campus* da Universidade de Nevada, Las Vegas.

— Parece estranha, mas até que é gostosa. A garota que está com ela também.

— É, mas ela não é seu tipo.

— Todas são meu tipo. Além disso, pode ser que ela seja uma *stripper*, e essas definitivamente são meu tipo.

A telefonista volta e diz alguns números que constam da lista; um deles pertence a uma garota que mora no *campus*. Digito o número e vou em direção ao corredor para ter mais privacidade. Chama várias vezes e, então, a voz de Ella surge na secretária eletrônica. Ainda é o mesmo tom, mas parece um pouco fria, como se estivesse fingindo ser feliz, mas sem sucesso.

Ouço o bipe, respiro fundo e entrego meu coração à secretária eletrônica.

Capítulo 2

Ella

— Juro por Deus que se não encontrarmos um banheiro logo, vou fazer xixi nas calças — diz Lila se remexendo no banco do motorista.

O ar-condicionado está ligado no máximo e os alto-falantes tocam *Shake it out*, de Florence + The Machine. Há uma longa estrada à nossa frente, avançando além das montanhas com suas árvores, artemísias e o pálido brilho cor-de-rosa do pôr do sol.

Meu celular está no bolso, pesado, como se tivesse 200 quilos.

— Você pode encostar e fazer xixi atrás de um arbusto — sugiro apoiando os pés descalços no painel do carro e afastando a regata branca para sentir o vento sobre a pele. — Se bem que estamos a cinco minutos da próxima saída.

— Não dá para esperar cinco minutos — diz Lila lançando-me um olhar de desprezo e apertando as pernas. — Você não vai achar isso tão engraçado quando o carro ficar cheirando a xixi.

Abafo o riso e procuro o banheiro mais próximo no GPS.

— Há um bem na saída, mas está mais com cara de banheiro externo.

— Tem vaso sanitário?

— Sim.

— Então serve.

Ela desvia o carro bruscamente, ultrapassando um Honda prata. O motorista enfia a mão na buzina e ela se vira levantando o dedo do meio:

— Que cretino! Será que não entende que preciso mijar?

Balanço a cabeça. Amo Lila de paixão, mas às vezes ela é tão egoísta. De certa forma, foi isso que me atraiu nela; era tão diferente dos meus velhos amigos de Star Grove...

Meu celular apita novamente, pela milionésima vez, fazendo com que eu me lembre de que há uma mensagem me esperando. Finalmente, desligo-o.

Lila abaixa o volume da música e diz:

— Você está agindo de forma estranha desde que saímos. Quem ligou para você?

Dou de ombros, olhando para o gramado da paisagem.

— Ninguém com quem eu queira conversar agora.

Cinco minutos depois, encostamos o carro no banheiro à beira da estrada, no limite da cidade. Parece uma cabana com laterais de metal enferrujado e uma placa desbotada. O terreno atrás dela está cheio de carros corroídos e caminhões, e há um lago à frente.

— Ah, graças a Deus — diz batendo palmas e estacionando o carro. — Já volto.

Lila pula para fora e corre para o banheiro.

Saio do carro para esticar as pernas, tentando não olhar para o lago nem para a ponte acima dele; mas meu olhar é atraído em direção à estrutura, com suas vigas curvas elevadas e salientes. Eu estava bem no meio na noite em que quase pulei. Se olhar bem e puxar pela memória, posso ver o local exato.

Uma velha caminhonete vem voando pela estrada, levantando uma nuvem de poeira. Conforme se aproxima, torço o nariz, pois sei quem é, e é a última pessoa que desejo ver. O veículo para bem no limite atrás dos banheiros. Um rapaz magro, vestindo uma camiseta justa, calça *jeans* apertada e bota de caubói vem caminhando de maneira afetada.

O segredo de Ella e Micha

Grantford Davis, o maconheiro da cidade, conhecido por começar todas as brigas, além de ser o cara que me deixou na ponte naquela terrível noite, há oito meses.

— Vai logo, Lila. — Bato na porta do banheiro.

Grantford olha na minha direção, mas seus olhos não parecem me reconhecer, o que não me surpreende. Eu mudei desde a última vez que me viram, trocando as roupas góticas, o delineador pesado e a atitude de garota durona por um visual mais leve e mais agradável, a fim de me misturar à multidão.

— Não se pode apressar a natureza, Ella — resmunga Lila do outro lado da porta. — Deixe-me em paz.

Observo Grantford como um falcão enquanto fica cantando pneu pelo terreno com a caminhonete.

A porta do banheiro se abre e Lila sai fazendo caretas.

— Nojento, estava um horror lá dentro. Acho que devo ter pegado herpes só de olhar para a privada. — Ela estremece, limpando as mãos no vestido. — E não tinha papel higiênico.

Grantford desapareceu, apesar de a caminhonete ainda estar lá.

Agarro o braço de Lila e a empurro para o carro.

— Precisamos ir.

Lila arqueia a sobrancelha de forma questionadora enquanto tenta entender minha postura.

— O que há de errado com você?

— Nada — respondo. — É só um cara com quem não estou mesmo a fim de conversar.

— Algum ex-namorado?

— Não, nada disso...

Desvio ao ver Grantford rondando o banheiro. Há suor em sua testa e manchas de grama na calça *jeans*.

— Preciso falar com você um minuto.

— Por quê? — questiono, abrindo a porta do carro. "Por favor, não mencione aquela noite. Por favor."

Lila fica paralisada ao abrir a porta, lançando-me um olhar impetuoso.

— Ella, o que está acontecendo?

Grantford enfia as mãos no bolso, olhando para o capô do carro.

— Esse carro não é seu, é?

— Não, acabamos de roubá-lo para rodar por aí. — Merda, dez minutos em casa e minha velha atitude começa a voltar. — Quer dizer, é sim, e dela — respondo inclinando a cabeça em direção a Lila.

— Bem, só estava pensando na velocidade dele. — Ele sorri de uma forma tão dissimulada que me dá vontade de vomitar.

Nunca fui fã de Grantford. Ele sempre teve uma atitude desprezível, e, em parte, foi por isso que aceitei sua carona até a ponte naquela noite. Ele era a única pessoa que eu conhecia que me deixaria lá sozinha.

Não consigo me controlar e digo:

— É bem provável que ande bem mais que sua caminhonete.

Ele esboça um sorriso presunçoso.

— Isso é um desafio?

Balanço a cabeça negativamente e faço um gesto para que Lila entre no carro, dizendo:

— Não, não é um desafio. Só uma simples observação.

Lembranças parecem vir à tona.

— Espere um pouco. Eu conheço você?

Ignorando-o, começo a fechar a porta, mas ele mata a charada:

— Caraca! Eu conheço você, sim. Você é Ella Daniels.

Seus olhos percorrem minhas pernas, a bermuda feita de calça *jeans*, regata branca rendada, e pousam em meus olhos cobertos de delineador cor-de-rosa.

O segredo de Ella e Micha

— Você está... diferente.

— A faculdade faz isso com as pessoas — respondo, arregalando os olhos para as botas de caubói, *jeans* rasgados e camiseta manchada. — Você não mudou nada.

— Vejo que sua boca também não mudou — retruca. — E, além disso, você não mudou para melhor. Na verdade, está parecendo uma das amigas da Stacy Harris.

— Não exagere — digo.

Stacy Harris era uma garota popular da nossa classe; principal líder de torcida, rainha do baile, usava muito cor-de-rosa.

Contorcendo o rosto, ele diz:

— Você não mudou só por fora. Se alguém a comparasse com Stacy Harris, você lhe daria um soco na cara.

— Violência não resolve nada. — Tento fechar a porta novamente. — Tenho que ir.

Ele interrompe meu movimento agarrando a porta, abrindo-a novamente.

— Você não vai a lugar algum até que eu consiga algo de você.

— Como um chute no saco, por exemplo — ameaço estremecendo por dentro.

Consigo ser dura, mas sei que se trata de um valentão que poderia me machucar facilmente.

Os olhos cinzentos de Grantford ficam pretos enquanto o sol se põe atrás das montanhas.

— Ouvi dizer que você fugiu. Fez as malas de um dia para o outro e sumiu, deixando um monte de gente irritada. Os que sempre protegeram você quando essa sua boca a metia em encrencas. Especialmente aquele cara com quem você sempre estava.

— Não finja que não sabe o nome dele.

Minha voz soa um pouco irregular. Sinto-me perdendo o controle da situação e começo a entrar em pânico.

— As pessoas não esquecem o nome daquele que lhe deu o primeiro soco na cara.

Uma veia pulsa no pescoço dele enquanto dá um soco na janela e diz:

— Naquela noite, eu estava chapado e Micha estava completamente sóbrio. E foi uma besteira enorme aquele idiota ter dado um soco na minha cara só por eu ter deixado você na ponte. Você pediu para que eu a levasse até lá. Por que diabos, então, a culpa seria minha?

Aparentemente, Micha bateu nele mais de uma vez, pois eu não estava me referindo ao mesmo episódio que ele acabava de comentar.

Seguro a maçaneta da porta.

— Vou fechar a porta agora e você vai embora.

— Quem é você? — Os olhos fixos em mim.

— Sou quem sempre fui — retruco —, só que sem aquele peso todo. — Fecho a porta calmamente e digo: — Pode ir agora, Lila.

Ela dá ré e pega o asfalto. Não olho para trás para ver Grantford ou a ponte. Respiro pelo nariz, tentando manter a compostura e o controle dos meus sentimentos.

— O que foi isso? — pergunta Lila. — Quem era aquele imbecil?

Coloco o cinto de segurança e aumento o ar-condicionado.

— Só um cara que estudou comigo no ensino médio.

— Pensei que ele fosse matar você ou algo assim... Talvez fosse melhor chamar a polícia.

Lembranças da minha vida ressurgem.

— É assim que as coisas funcionam por aqui. Além disso, ele só late, não morde. Acredite. Ele só estava irritado com uma coisa que eu fiz.

O segredo de Ella e Micha

Os olhos de Lila se arregalam e ela segura firme no volante ao perguntar:

— O que foi que você fez?

Olho pelo espelho retrovisor e vejo a estrada vazia atrás de nós.

— Nada sobre o que eu queira falar.

Ela diminui a velocidade, conforme o limite permitido, e indaga:

— Como fez aquilo? Você ficou tão calma quando ele tentou segurar a porta. Eu estava surtando.

— Foi só instinto — minto.

Se ela soubesse o verdadeiro motivo, tenho certeza de que não seríamos amigas.

***

O desejo de que Lila faça retorno e volte para Vegas fica mais forte quanto mais me aproximo de casa. Lila relaxa em relação a Grantford à medida que nos afastamos do banheiro. Durante o pouco de viagem que nos resta falamos sobre aulas e festas da fraternidade, mas, quando estacionamos na entrada, o pânico e o medo ressurgem nela.

— É... legal — ela estremece ao olhar pelo para-brisa. — Então, foi aqui que você cresceu?

A lua cheia brilha na noite estrelada, iluminando o lixo entulhado na entrada do sobrado; o velho cutelo equilibrado em blocos de concreto na frente da garagem, as paredes com a tinta descascando e o vigamento com uma calha quebrada balançando com o vento. A árvore ao lado da minha janela parece estar morrendo. Um dia já foi minha porta de saída para fugir no meio da noite, mas a última vez que fiz isso foi na noite em que minha mãe morreu.

Nunca mais vou subir naquela maldita árvore novamente.

— Pois é... essa é minha casa.

Saio do carro e sinto a brisa gelada. *Like an Angel*, de Rise Against, ecoa da casa vizinha. As luzes de casa estão acesas, e há uma gritaria lá dentro. Na entrada da garagem vejo um carro estacionado atrás do outro e pessoas fumam no gramado seco e no terraço de entrada.

Uma das festas de Micha. Parece que o tempo congelou e ficou esperando minha volta.

— As coisas boas nunca mudam por aqui. — Vou até a traseira do carro. — Lila, pode abrir o porta-malas, por favor?

O porta-malas se abre e Lila sai do veículo, insegura. Arregala os olhos para a festa e começa a morder o polegar, um tique nervoso que ela tem.

— Nossa, é mais intensa até que a festa da fraternidade. Não sabia que isso era possível.

Coloco uma mala pesada em meus ombros e digo:

— Tem certeza de que quer dormir na minha casa hoje? — pergunto enquanto procuro pela mala que tem todos os meus cosméticos e artigos de higiene pessoal. — Há uns hotéis muito bons na cidade vizinha.

— Só não estou acostumada com esse tipo de lugar. Só isso... Mas tenho certeza de que tudo bem — diz Lila pegando um dos meus travesseiros do porta-malas e abraçando-o com força.

— Tem certeza mesmo? — pergunto equilibrando uma caixinha debaixo dos braços. Não quero que ela fique e testemunhe esse lado da minha vida. — Esse lugar pode ter coisas demais para algumas pessoas assimilarem.

Ela estreita os olhos e aponta o dedo para mim, dizendo:

— Posso ser de uma classe privilegiada, mas isso não significa que nunca estive em áreas mais violentas. Além disso, fomos àquela loja de penhores daquela vez em Vegas e o bairro era totalmente decadente.

Nem era um lugar tão ruim assim, mas decidi deixar para lá; ela só ficaria uma noite.

— Desculpe, só quero ter certeza de que você tenha conforto — digo apoiando o peso da mala na cintura e tateando o porta-malas à procura da minha outra bolsa.

— Juro que consigo me virar por uma noite — ela faz uma cruz sobre o coração e sorri. — Na verdade, posso até ter coragem suficiente para dar uma olhadinha na festa do vizinho.

Mudo de assunto rapidamente:

— Podemos pegar o restante das coisas amanhã; está escuro e mal dá para enxengar. E, não sei quanto a você, mas estou exausta.

— Acho que... — os olhos dela vagueiam na direção da entrada de carros. — Deus do céu, quem é ele? Espere aí. Não é... é sim... — Ela deixa escapar um grito agudo e fica dando pulinhos. — Ella, acho que é o cara do seu desenho, aquele tal de Micha que você insiste em dizer que nunca namorou.

Minha bolsa cai no chão e sinto as pernas perderem a força. Fico pensando se fujo ou não. "Vou para baixo do carro? Afundo no porta-malas?"

— Ei, princesa — diz Micha num tom de flerte. — Não devia estacionar o carro desse jeito. É bem provável que seja guinchado.

O som da voz faz com que meu corpo todo estremeça por dentro. Pensava que essa sensação fosse desaparecer após oito meses de distanciamento, mas, de alguma forma, o tempo causou um efeito contrário: ela se intensificou e dominou todo meu corpo. Finjo estar entretida com uma caixa no porta-malas e enfio minha cabeça no meio das sombras.

Lila dá uma risadinha e diz:

— Tenho certeza de que não haverá problemas. Essa é a casa da minha amiga.

— A casa da sua amiga... — ele divaga, fazendo que a associação e a ansiedade me estrangulem. — Espere aí, você está falando da Ella Daniels?

Recompondo-me, fecho o porta-malas. Quando ele me vê, arregala os olhos e apresenta a mesma expressão do dia em que sua mãe disse que o pai jamais voltaria.

Ele pisca e a expressão de assombro se vai, deixando transparecer um pouco de raiva.

— O que você está fazendo aqui? Pensei que estivesse em Vegas.

Por um momento não consigo falar, presa numa mistura de emoções ao vê-lo novamente. Micha sempre foi impressionantemente bonito, de uma forma que faz com que as mãos dos artistas doam. Está com uma camisa xadrez vermelha, *jeans* escuros e botas pretas. Seus lábios são carnudos, ressaltados por um contorno prateado, e seus cabelos têm um tom loiro desbotado, com uma leve ondulação. Sua pele é como porcelana e seus olhos azuis carregam mais do que posso suportar.

— Estava lá estudando, mas agora voltei — respondo, usando a forma educada que adotei com todos nos últimos oito meses. Mas, por dentro, meu coração está em frangalhos, meu sangue urra com a mesma saudade que senti ao partir. — Espere um pouco, você sabia que eu estava lá?

Ele fica ao lado de Lila, posicionando-se bem na minha frente. Micha é um dos poucos caras mais altos que eu, e tenho que ajeitar a cabeça para olhar em seus olhos.

— Eu não fazia ideia até hoje de manhã — ele diz —, já que você não contou a ninguém aonde ia.

O segredo de Ella e Micha

A dor em sua voz apunhala meu coração e o telefone com a mensagem de voz em meu bolso pesa dois mil quilos.

— Desculpe, mas eu precisava de um tempo desse lugar. Estava... as coisas estavam... bem, você sabe como estavam.

— Não, eu não sei como estavam. — Ele apoia a mão no porta-malas como para evitar cair. — Você foi embora e nunca me disse onde diabos estava.

Preciso ir antes que me irrite e todo meu autocontrole se evapore. Pegando minha bolsa do chão, aceno para ele, despedindo-me.

— Foi bom falar com você novamente, mas estamos na estrada há doze horas e tudo que quero é me deitar.

— Não estou tão cansada assim — diz Lila, e eu a pressiono com um olhar suplicante. — Ah, espere, talvez esteja, sim — e finge um bocejo.

Apresso-me em direção à porta lateral da minha casa, mas Micha me impede de prosseguir. A mão dele desce pelo carro como se fosse uma barricada de ferrovia. Ele puxa o *piercing* labial com um olhar apaixonado no rosto, como se fosse me beijar ou algo assim.

Por um segundo, quero que me beije.

Ele se aproxima do meu ouvido, abaixando a voz para um tom mais íntimo, e diz:

— Venha comigo para algum lugar. Por favor, faz oito meses que espero para falar com você.

Eu hesito diante da reação ardente do meu corpo ao som da sua voz.

— Não posso falar com você, Micha — engasgo, afastando-me, e batendo o corpo no canto do carro. Lágrimas ameaçam cair dos meus olhos, mas não choro há um ano e me recuso a fazê-lo agora. Girando nos calcanhares, corro para casa.

Ele não chama por mim — não é o estilo dele. Mas seu olhar abre um buraco na minha cabeça confusa por todo o caminho, até que eu finalmente entro e me tranco em casa. Então, consigo respirar novamente.

Micha

Juro que estou sonhando. Ella está bem na minha frente e parece Stacy Harris, uma líder de torcida bem piranha que estudou conosco no ensino médio e que levou uma surra de Ella uma vez por tirar sarro de uma garota de cadeira de rodas.

Foram coisas assim que fizeram me apaixonar por ela; o fogo, a paixão e a necessidade de ajudar os excluídos, mesmo que isso significasse tornar-se um deles. Ela nunca se enquadrava em uma categoria; era simplesmente Ella; mas, agora, parece uma maldita *Mulher Perfeita*[2]. Continua extremamente atraente, com o corpo durinho, e as intermináveis pernas longas. Imaginei aquelas pernas enroscadas na minha cintura tantas vezes, e as mesmas imagens inundam minha cabeça, apesar de ela parecer uma estranha para mim.

Seus lindos olhos verdes estão hesitantes, como se ela estivesse reprimindo tudo dentro de si. Ela não está feliz por me ver, e isso dói um pouco; mas me deixa muito mais irritado. Começa a murmurar algo sobre estar cansada, coisa que costumava fazer o tempo todo para evitar confrontos. Observo seus lábios se moverem, quero tanto beijá-la, mas é bem provável que ela me chute se eu tentar algo. Então, eu me aproximo, sinto o perfume de seu cabelo e imploro para que vá comigo para outro lugar.

---

[2] *Mulheres perfeitas* (*Stepford Wives*), filme exibido no Brasil em 2004. (N. da T.)

Então, ela sai correndo e se tranca dentro de casa. Começo a ir atrás dela, mas um *frisbee* bate na minha cabeça.

— Desculpa aí, cara — Ethan diz pulando a cerca com um sorriso maroto no rosto. — Escapou.

Esfregando a cabeça, arqueio a sobrancelha para Ethan:

— Momento perfeito para isso, imbecil.

Ele levanta as mãos e fala:

— Eu pedi desculpas. Você só estava aí parado, todo paralisado como uma maldita donzelinha indefesa, então, pensei em tirar você do transe. — Ele pega o *frisbee* da calçada e assobia baixinho para a Mercedes da amiga de Ella, circundando-a enquanto arregaça as mangas. — De quem é essa doçura? Espere aí, é de Ella?

— Acho que é da amiga dela — respondo olhando para a porta da casa, pensando se devo entrar e exigir saber por que se afastou de mim por oito meses.

— Desde quando Ella anda com gente que dirige um carro desses? — pergunta Ethan olhando pelos vidros escuros.

— Ela ficou longe por oito meses — digo voltando com as mãos nos bolsos para a cerca que separa os dois quintais. — Quem é que sabe quem ela é agora?

Preciso de uma bebida, apesar de não ter ingerido uma gota de álcool em oito meses. No dia em que Ella fugiu sem dizer adeus nem deixar um bilhete, fui até o bar, fiquei bêbado e descontei toda minha raiva no rosto de Grantford. A polícia apareceu e fui preso por estar sob forte influência de álcool e por agressão. Ainda estou em condicional, e tive que assistir às aulas de controle de raiva por um tempo. Tenho sido muito bom em manter todos os meus excessos controlados, mas cinco minutos depois de ver Ella já estou prestes a jogar tudo para o alto.

Vou até a cozinha, pego uma cerveja no *cooler* e sento no sofá entre uma loira e uma morena.

A loira ri e diz:

— Ah, meu Deus, será que o Micha malvado finalmente voltou?

Não consigo lembrar o nome dela, mesmo assim entro na brincadeira.

— Com certeza, gata.

Então, volto a tomar minha cerveja e enterro minha dor, juntamente com Ella, a única garota capaz de me deixar tão chateado. A única garota que nunca me quis.

Capítulo 3

Ella

— Acho que aquele ali era Micha — Lila anda por minha cozinha enquanto solta o cinto do seu vestido floral. — Ele é ainda mais bonito que no desenho.

— Sim, aquele ali é Micha — respondo chutando uma caixa pelo chão de linóleo manchado e acendo a luz.

Tudo parece igual, cores típicas dos anos 1970, cadeiras de vime ao redor da mesa de vidro e prateleiras amarelas e marrons.

— Então, só seu pai mora aqui?

Lila circunda a pequena cozinha e seu olhar para na prateleira ao lado da pia, onde garrafas vazias se alinham na parede.

— Sim. Meu irmão mais velho se mudou assim que se formou.

Arrumo o fecho da minha bolsa e vou para a escada. A casa tem cheiro de comida estragada e fumaça. Na sala de estar, o antigo sofá xadrez está vazio, e o cinzeiro na mesa de centro cheio de pontas de cigarro. A televisão está ligada, então, desligo-a.

— Então, onde está seu pai? — Lila pergunta enquanto subimos a escada.

— Não sei ao certo.

Evito a verdade porque sei que ele provavelmente está no bar.

— Tudo bem. Onde está sua mãe? — ela indaga. — Você nunca me disse onde ela mora.

Lila não sabe muito sobre mim, e é assim que quero que seja. Deixá-la no escuro em relação à minha mãe, meu irmão —

todos que pertencem ao outro lado da minha vida — permitiu que me transformasse em alguém que não tem que lidar com os próprios problemas.

— Meu pai trabalha à noite — invento. — E minha mãe mudou-se há muito tempo. Ela mora em Cherry Hill.

Ela se aproxima para analisar o retrato da minha mãe na parede; o mesmo cabelo ruivo, a pele clara e os olhos verdes como os meus. O sorriso dela também é tão falso quanto o meu.

— Essa é sua mãe? — ela pergunta, e eu aceno com a cabeça.
— Parece com você.

Meu peito se aperta e rapidamente subo até o topo da escada. No final do corredor, a porta do banheiro está escancarada. O canto da banheira de porcelana e a mancha no chão de cerâmica estão no meu campo de visão. Meu coração se aperta ainda mais conforme as lembranças inundam minha mente. Estou sufocando de pânico.

"Querida, vou tirar uma soneca, só um pouquinho. Volto logo, logo." Meus joelhos tremem quando fecho a porta. Meu peito se abre e o oxigênio retorna aos meus pulmões.

— Onde seu irmão mora?

Lila espia dentro do quarto do meu irmão, com seus instrumentos de percussão, CDs e discos. Há vários pôsteres de bandas pendurados na parede e um violão.

— Acho que é em Chicago.

— Você acha?

Dou de ombros e digo:

— Não nos damos bem.

Ela assente com a cabeça, como se entendesse, e pergunta:

— Ele tem uma banda?

— Não sei bem se ainda tem. Acho que não, pois deixou todas as coisas aqui — digo. — Só tocava porque era amigo de

Micha, que tem uma banda. Ou tinha. Não sei mais o que ele anda fazendo.

— Ella, você perdeu contato com todo mundo da sua vida? — Lila pergunta num tom acusador, enfiando o travesseiro debaixo do braço.

Todo esse questionamento me deixa desconfortável. Evitando confronto, acendo a luz do meu quarto e tremo diante do que vejo. É como um museu do meu passado. Folhas com meus trabalhos artísticos penduradas na parede, enfeitadas com uma borda preta de esqueletos que Micha colocou quando tínhamos doze anos, para deixar meu quarto mais "masculino". Uma coleção de paletas se alinha na cômoda do outro lado e há uma pilha de botas no chão. Minha cama está arrumada com a mesma colcha violeta e há um prato com metade de uma bolacha, toda mofada.

Jogo a bolacha no lixo. Será que meu pai não entrou aqui desde que fui embora?

Lila pega o violão e se senta na cama.

— Não sabia que você tocava. — Ela posiciona o violão no colo e dedilha as cordas. — Sempre quis aprender a tocar, mas minha mãe nunca me deixou fazer aulas. Você devia me ensinar.

— Não toco — respondo ao colocar minha bolsa no chão. — Esse violão é do Micha. Veja as iniciais dele atrás.

Ela vira o violão e lê as iniciais.

— Então, aquele seu vizinho gostosão também é músico. Meu Deus! Vou desmaiar.

— Nada de desmaiar por causa de uma pessoa deste bairro — aconselho-a. — E desde quando você se interessa por músicos? Nunca, até hoje, ouvi você dizer nada sobre gostar de caras que tocam violão.

— Desde quando se parecem com ele. — Ela aponta na direção da casa de Micha, visível pela janela do meu quarto. — Aquele garoto exala sensualidade.

O ciúme cresce em meu peito e mentalmente sussurro para que ela se cale. Pego uma foto da minha mãe comigo, quando eu tinha seis anos, no zoológico. Estamos felizes e o sol brilha contra meus olhos contraídos. Isso parte meu coração e deixo a foto na escrivaninha.

— Há uma cama de rodinhas debaixo da minha, você pode dormir nela, se quiser.

— Legal. — Ela tira o violão do colo e vai até a janela, abrindo as cortinas. — Talvez devêssemos ir até a festa. Parece divertida.

Tiro o cabelo dos olhos antes de puxar a cama para Lila.

— Sem ofensas, Lila, mas acho que você não dá conta das festas de Micha. As coisas podem ficar bem loucas por lá.

Ela estreita os olhos em minha direção, ofendida.

— Sei dar conta de festas. É você que nunca quer participar delas. E às que eu a convenci a ir, você simplesmente ficou em pé no canto, bebendo água, de mau humor.

Sento-me na cama e relaxo os braços e pernas na beirada, dizendo:

— Aquela festa nem se compara com a festa da fraternidade. São festas em que você acorda no dia seguinte em um banco no parque sem sapatos e com uma tatuagem nas costas, sem se lembrar de nada do que aconteceu na noite anterior.

— Ah, meu Deus, foi assim que você fez a tatuagem nas costas... aquela cujo significado você se recusa a me dizer.

Ela se deita na cama ao meu lado e ficamos olhando para o pôster de Chevelle no meu teto.

— Significa infinito — respondo abaixando a barra da minha camiseta, escondendo a tatuagem das costas, e apoio o braço na testa. — E não me recuso a falar sobre ela. Apenas não lembro como a fiz.

Ela faz uma cara de cachorrinho triste, piscando os cílios com força.

— Por favor, por favor mil vezes. Essa pode ser minha única chance de ir a uma festa dessas. As do meu bairro só têm limusines, vestidos elegantes e *smokings,* e muito champanhe. — Como eu não digo nada, ela acrescenta: — Você me deve essa.

— Por quê?

— Por ter lhe dado uma carona até aqui.

— Por favor, não me faça ir lá. — Implorei, fazendo um sinal de súplica com as mãos. — Por favor.

Ela fica de barriga para baixo e se apoia nos cotovelos.

— Ele é seu ex-namorado, não é? Você estava mentindo. Eu sabia. Ninguém faz um desenho daqueles se não amou a pessoa.

— Micha e eu nunca namoramos — insisto com um forte suspiro. — Se você realmente quer ver como são essas festas, eu a levo até lá, mas não vou ficar mais de cinco minutos — acabo cedendo, pois, lá no fundo, estou curiosa para ver como anda o mundo que deixei para trás.

Ela agita as mãos de forma animada e dá um gritinho, olhando pela janela mais uma vez.

— Puta merda! Tem alguém no telhado.

Dizem que a curiosidade matou o gato.

— Vamos, baladeira. Vamos acabar de vez com isso.

***

Há uns quinze anos, essa cidade era um lugar decente para se viver. Então, a fábrica que gerava empregos para quase a cidade toda fechou. As pessoas ficaram desempregadas, e, aos poucos, o lugar foi definhando em um abismo sem fim até se tornar o inferno que é hoje. As casas estão todas pichadas e tenho certeza de que meu vizinho produz bebida alcoólica ilegal na garagem; pelo menos produzia, antes da minha partida.

Dentro da casa de Micha há pessoas paradas na soleira. Forço a entrada no meio delas e vou para a cozinha, que está ainda mais cheia de gente. Na mesa há um barril de chope e garrafas de bebidas alcoólicas suficientes para abrir uma loja. A atmosfera está repleta de cheiro de suor e algumas garotas dançam nos balcões da cozinha. As pessoas estão se beijando nos cantos da sala de estar, onde os sofás foram empurrados para o lado para a banda espalhar seus instrumentos, berrando músicas de dor e desentendimento com toda a força de seus pulmões. Fico surpresa por Micha não estar tocando.

— Nossa! Isso é... — Lila arregala seus olhos azuis ao olhar para as pessoas pulando para lá e para cá na sala, chacoalhando o corpo e agitando a cabeça.

— Como a plateia de um *show punk* — termino a frase para ela, tirando uma garota baixinha de cabelo tingido do meu caminho.

— Ei — reclama a garota, que derrama a bebida no vestido de couro. — Você fez de propósito.

Por uma fração de segundo, esqueço quem sou e me volto para lançar-lhe um olhar mortal. Mas, então, lembro que sou a Ella calma e racional; uma pessoa que não se envolve em brigas e não bate em outras garotas.

— Que foi, dondoca? — ela bate no peito, pronta para a briga. — Você acha que me assusta.

Lila morde seu polegar e diz:

— Desculpe. Ela não fez por mal.

A sala está o maior falatório e o caos me dá dor de cabeça.

— Desculpe — forço uma desculpa e me aperto entre ela e a parede.

Ela ri, e suas amigas se unem ao riso ao sair pela porta dos fundos. Preciso de todo meu autocontrole para não a derrubar no chão.

Lila vai direto ao bar montado no balcão, coloca uma dose de vodca em um copo e mistura com um pouco de suco de laranja, dizendo:

— Nossa! Aquilo foi intenso. Pensei que ela fosse lhe dar uma surra.

— Bem-vinda a Star Grove — grito por causa da música alta. — A terra tomada pela intensidade e pela pobreza, onde os adolescentes andam livres sem a supervisão sóbria de seus pais e tentam arranjar briga sempre que podem.

Ela ri, toma um gole da bebida e seu rosto se contorce por conta do sabor amargo.

— Experimente — começa a dizer, e engasga, batendo a mão no peito.

— Tudo bem? — pergunto.

Lila nunca foi forte para a bebida.

Ela assente com a cabeça e pigarreia.

— Eu ia dizer experimente crescer onde você tem que ter permissão para usar determinado estilo de sapatos. — Olho para Lila perplexa, e ela acrescenta: — Se não estivesse dentro dos padrões de moda da minha mãe, eu não podia usar.

Desvio-me do caminho de um cara sardento com um gorro cobrindo a cabeça, que não parece se importar de bater seu ombro no meu.

— Tenho certeza de que não deve ter sido tão ruim crescer assim. Quer dizer, pelo menos havia algum tipo de controle.

— Sim, havia — ela diz de forma constrangida, correndo os olhos rapidamente pela sala. — Não acredito que tem uma banda ao vivo aqui. É como estar num *show* ao ar livre.

— O quê? Não há bandas ao vivo na Califórnia? — brinco dando uma risadinha ao servir-me um copo de água. — Ninguém se apresenta ao ar livre?

Ela mexe a bebida com um canudo e diz:

— Não esse tipo de banda. Pense em algo muito mais ameno, com um palco e bancos para sentar.

— Parece divertido — forço um sorriso e olho no relógio. — Está pronta para ir?

— Você está de sacanagem? — Bebendo no canudinho, ela salta no balcão e cruza as pernas. — Acabamos de chegar. Por que você quer ir? Na verdade, devíamos dançar.

Meus olhos percorrem a sala, onde um cara de *dreads* bate a cabeça num prato de vidro de um armário no canto e todo mundo vibra.

— Se quiser, dance, mas eu estou bem assim — digo tomando um gole d'água. — Gosto de ficar com todos os meus ossos intactos.

Apoiando-me no balcão, olho para a multidão, curiosa por ver onde Micha está. Não sei por que estou tão curiosa, mas estou. De vez em quando ele sai de suas próprias festas, ou para ficar com alguém ou apenas para ficar em paz. Encontrei-o, algumas vezes, escondido numa cadeira no gramado, e ele sempre me puxava para seu colo e ficávamos olhando o céu estrelado, conversando sobre um futuro inalcançável.

Vejo-o no canto, sentado no sofá com o braço ao redor de uma loira com os peitos saindo do vestido. O cabelo dele cai nos olhos e está mexendo no *piercing*, deixando a garota louca, tenho certeza. Estão apenas conversando, mas a garota não

O segredo de Ella e Micha

para de tirar o cabelo dos ombros e sua mão está no peito dele. Não dá para saber se ele está curtindo a companhia dela ou não. Nunca foi fácil interpretá-lo quando se tratava de garotas, pois nunca pareceu de fato interessado em nenhuma delas. Mas às vezes ele acabava passando a noite com elas.

Perguntei-lhe uma vez, e ele disse que tudo não passava de diversão e que estava apenas matando tempo até que eu cedesse ao meu desejo de ficar com ele. Derrubei-o no chão por causa disso, e ele riu.

— Por que você está sempre com esse olhar no rosto? Como se estivesse despindo alguém com os olhos? — Lila perguntou acompanhando meu olhar. — Ah, aquele é...

Desvio o olhar de Micha e digo:

— Não estava olhando para ninguém, apenas para a loucura nessa sala.

— Ah, tá — ela diz arqueando as sobrancelhas. — Você quer aquele cara. Está estampado em seu rosto.

— Ora, ora, se não é a famosa Ella May!

Ethan Gregory sorri do outro lado da sala, bem atrás de Lila. Ele tropeça, quase batendo a cabeça no teto baixo. Antes que eu possa responder, prende-me num abraço esquisito com seus longos braços cheios de tatuagem. Sua camisa cinza cheira a cinzeiro e o hálito a cerveja. Ele recua, penteando os cabelos negros com os dedos.

— Micha sabe que você está na casa dele?

Minto na maior cara de pau, bem consciente de onde Micha está e do que está fazendo.

— Tenho certeza de que ele me viu entrar.

— Duvido. Ele está procurando você há oito meses — diz Ethan olhando de relance e acenando para Lila com a cabeça; depois, olha para mim e diz:

— Sabe que ele ficou um trapo depois que você foi embora. Você acabou mesmo com a cabeça dele, Ella.

— Que mentira — digo.

Ethan e eu nunca nos demos muito bem, por isso fiquei confusa com o abraço. Nós dois temos a mesma postura agressiva e somos cabeça-dura. A única razão pela qual éramos amigos era Micha. Embora uma vez tenhamos nos conectado por uma fração de segundo, nunca falamos sobre isso.

— Micha não perde o controle. Eu o conheço muito bem.

Seu rosto está ruborizado e seus olhos castanhos vermelhos.

— Acho que você não o conhece tão bem quanto pensa, então, porque ele está um trapo. Na verdade, tudo o que ele fez nos últimos meses foi procurar você.

— O que explica a festa — retruco. — Acho que isso resume tudo.

— A primeira em cinco meses — ele diz. — E acho que ele só fez isso porque descobriu onde você estava e precisava de uma distração.

— Eu o conheço melhor que você, Ethan, e ele não fica arrasado por causa de garotas — digo, mas estremeço diante do fato de achar que não o conheço mais. Muita coisa pode acontecer em oito meses.

— Ei, Lila, temos que ir. Está ficando tarde.

Ela olha para seu Rolex incrustado de diamantes e revira os olhos.

— São nove e meia.

— Vocês já vão? — ele pergunta erguendo as mãos. — Você está falando bobagem. Não viu Micha ainda, e ele vai ficar muito irritado se não a encontrar, especialmente porque você fugiu dele na entrada da casa.

— Na verdade, achei que fôssemos ficar um pouco mais — Lila pressiona com olhos suplicantes. Depois, une as mãos em sinal de apelo e diz: — Por favor, Ella, por favor!

O segredo de Ella e Micha

Ethan não é o tipo de Lila. Ele tem uma bagagem quase tão pesada quanto a minha. Começo a protestar, quando a voz de Micha ecoa por sobre meu ombro e afaga minha pele como uma pena. Sem conseguir me controlar, deixo escapar um gemido delicado.

— Sim, mocinha linda, fique um pouco mais. — Ele está tão próximo que o calor do seu corpo beija minha pele e eu tremo por dentro. Ele corre os dedos por entre meus cabelos ao sussurrar:

— Seu cheiro é tão bom. Meu Deus! Como senti saudades do seu cheiro.

— Tenho que acordar muito cedo amanhã. — Pigarreio e Lila franze o cenho. — Preciso ir para casa dormir um pouco.

Ele coloca a mão sobre o balcão de forma que a curva de seu braço toca meu quadril.

— Você pode continuar tentando me evitar — ele diz bem perto do meu ouvido, dando uma mordida de leve no lóbulo —, porém, mais cedo ou mais tarde vai ter que falar comigo.

Ele está com bafo de cerveja e cheiro de fumaça nas roupas.

Recusando-me a ceder ao som sensual de sua voz, viro-me para encará-lo e digo:

— Não tenho tempo para ficar bêbada e agir como idiota.

Ele fica ainda mais bonito debaixo da luz, e mais irresistível, mesmo com seus olhos dissimulados.

— Estou bêbado por sua culpa. Você me deixa louco — ele abaixa o tom de voz e parece estar ronronando, o mesmo tom usado comigo tantas vezes para conseguir o que queria. O tom de voz que faz com que eu me sinta viva por dentro.

— Deixa disso, amor. Por favor. Precisamos conversar — diz aproximando-se para me beijar.

A surpresa me tira do prumo e tropeço em minhas próprias pernas.

— Micha, pare com isso — empurro-o de lado com delicadeza e ele cambaleia na ponta do balcão. — Você está bêbado e eu vou para casa.

— Ela está agindo de forma estranha... como se fosse muito calma — comenta Ethan. — E está vestida de um jeito engraçado, como aquela garota que estudou com a gente. Qual o nome dela? — pergunta, estalando os dedos. — Stacy... Stacy...

— Harris — digo exausta. — E eu pareço uma garota que foi para a faculdade e cresceu.

Lila dá seu ponto de vista dizendo:

— Ella é assim desde que a conheci, mas estou muito curiosa por saber como era a Ella de que todo mundo fica falando, porque não consigo imaginá-la de uma maneira que não seja essa.

Micha e Ethan trocam olhares embriagados e depois caem na risada. A sala se aquieta e mais pessoas olham na nossa direção.

— Qual a graça? — Lila franze o cenho para mim, pedindo ajuda. — Estou tão perdida.

— Nenhuma. Eles é que se acham engraçados. — Saio de perto de Micha, mas ele pega meu cotovelo e me puxa de volta contra seu peito. — Ei, relaxa, gata — ele beija minha testa e me olha de um jeito inocente. — Por favor, não vá. Você acabou de voltar.

Antes da minha partida, as fronteiras da nossa amizade haviam começado a ficar nebulosas. Eu achava que a distância consertaria isso, mas parece que voltamos aonde estávamos. Por mais que eu fosse adorar me derreter nos braços dele, isso não pode acontecer. Não posso me abrir dessa forma e perder o controle. Preciso de controle.

— Não voltei. Só estou aqui para as férias de verão, e só porque não tive dinheiro para alugar um apartamento —

O segredo de Ella e Micha

respondo, e ele muda a expressão. — A Ella que vocês conheceram se foi. Morreu naquela ponte há oito meses.

Ele pisca, tão chocado quanto eu. Seus lábios se separam e então os fecha com força, surpreendentemente sem palavras.

— Não foi isso que quis dizer — falo rapidamente. — Sinto muito, Micha. Não consigo lidar com isso agora.

— Não peça desculpas por ser sincera — ele fala coçando a testa com as costas da mão.

Tento engolir o peso que se acumula na minha garganta e digo:

— Sinto muito. — E saio no meio da multidão, pela porta dos fundos, inalando o ar fresco.

— Qual o seu problema? — Lila pergunta ao me parar na entrada de carros da minha casa. Ela amassa o copo plástico e o joga no lixo da varanda dos fundos. — Estou tão confusa! O que aconteceu lá?

— Eu precisava sair de lá antes de perder o controle.

Não diminuo o passo até estar em meu quarto, e fecho a porta e a janela, trancando-me longe do mundo. Suspiro contra a parede, absorvendo o silêncio.

Lila me observa com curiosidade, faz um coque no cabelo e passa um brilho nos lábios.

— Ethan e Micha agem como se você fosse outra pessoa. Como se essa não fosse você de verdade. Quer explicar?

— Não, não quero. — Afasto-me da porta e pego um pijama na minha mochila. — Vou tomar banho. Quer alguma coisa lá de baixo?

— Sim, que você me conte por que esses caras deixam você tão abalada. — Ela tira o relógio e o joga na bolsa em cima da cama. — Nunca vi você tão agitada assim. Você praticamente teve um orgasmo quando o viu pela primeira vez.

— Tive nada — digo constrangida e irritada. — E você nunca me viu assim porque eu não sou mais essa pessoa.

— Exceto quando está perto dele — ela insinua. — Quando fala sobre ele, há algo em seus olhos que nunca vi antes. Você sempre foi tão fechada para todos os caras nas festas da escola. Honestamente, pensei que você fosse virgem. Mas o modo como você e Micha se olhavam... você já transou com ele, certo?

Pressionando meus lábios, coloco o pijama debaixo do braço e balanço a cabeça negativamente, dizendo:

— Não, Micha e eu nunca dormimos juntos, da mesma forma que nunca namoramos. Mas somos amigos desde criança.

Ela se senta na cama e tira a sandália, indagando:

— Mas você já transou?

Meu corpo se contrai e respondo:

— Vou me preparar para dormir.

— Opa, espere aí! — Ela salta da cama com apenas um pé calçado e pula na frente da porta com os braços abertos para bloquear a saída. — Você está dizendo que nunca transou? Nunquinha?

Esforço-me para encontrar palavras que ela entenda.

— Não é que não transei porque não acredito em sexo antes do casamento ou coisa assim. É que... Veja só, você não sabe muita coisa sobre mim, e às vezes tenho dificuldade de me aproximar das pessoas.

Ela não parece surpresa, e responde:

— Bem, isso é óbvio. Isso eu já percebi desde o primeiro dia.

— O que você está falando? — questiono. — Nunca falei isso para ninguém antes. Nem mesmo para Micha.

— Estou falando que às vezes posso ver através de você. — Ela suspira e enumera os fatos com os dedos. — Somos

O segredo de Ella e Micha

colegas de quarto há oito meses e tudo que sei é: você está focada na escola, detesta beber, detesta multidões e nunca saiu com ninguém. Conheço você bem pouco e, aqui, começo a me perguntar se de fato eu a conheço.

Lila conhece a Ella que eu quero que conheça.

— Você pode me deixar passar? Estou muito cansada.

Ela me olha como quem não está acreditando no que digo, mas não pressiona. Dá um passo de lado e me deixa passar. O alívio toma conta de mim, pois não quero entrar nesse assunto com ela. Não hoje. Nem nunca. Nunca mais quero falar sobre a noite que mudou minha vida. Enterrei minha identidade negligente e não vou desenterrá-la nunca mais.

Capítulo 4

Micha

— Ela já deixou você todo agitado e chateado — diz Ethan tomando um refrigerante. — Olhe só para você. Bêbado depois de oito meses de sobriedade, e não acredito que seja coincidência isso ter acontecido na mesma noite em que ela apareceu.

Bebo mais um pouco e enxugo os lábios com as costas da mão.

— Estou bem, cara. E não posso culpar outras pessoas por minhas ações. Nada disso é culpa da Ella.

Ethan ri, inclinando a cabeça para trás, batendo-a na quina do armário.

— Quem você está tentando convencer? Você sabe tão bem quanto qualquer pessoa nesta sala que vocês dois são o problema um do outro, e isso nunca vai mudar até transarem e acabarem com isso.

Dou um soco no braço dele, com mais força do que pretendia.

— Cuidado. Você está passando dos limites hoje.

Ele leva as mãos ao alto, rendendo-se.

— Desculpe, esqueci como você fica com esse assunto.

Agarro a camiseta dele pela gola e o trago para perto de mim, perguntando:

— Fico como?

Ele ergue as mãos novamente e diz:

— Micha, cara, acalme-se e vá tomar um café ou algo assim. Você está fora de si.

Eu o solto e corro os dedos por meu cabelo, frustrado com algo que não consigo entender.

— Café é um mito... e é de outra coisa que preciso. — Meus olhos se dirigem para a janela da porta dos fundos e subitamente entendo o que necessito. Dou uma batidinha no ombro de Ethan e digo: — Mande todo mundo embora antes que minha mãe chegue, certo?

— Tudo bem, pode contar comigo — ele responde confuso. — Mas, aonde você vai?

— Dar uma volta.

Tiro as pessoas do caminho e cambaleio até a porta dos fundos. Recupero o equilíbrio, tropeço na grama e pulo a cerca. O carro do pai de Ella está na entrada, então, ele deve ter voltado do bar. Isso também não importa. Ele não vai perceber nem se importar se eu entrar de fininho. Faço isso desde criança.

Contudo, minhas intenções ficaram um pouco mais apimentadas conforme fomos ficando mais velhos.

Olho para a janela do quarto dela até chegar à árvore. Depois de um esforço embriagado, chego ao topo e me estico pelo galho que dá na janela. Fazendo uma viseira com as mãos, olho lá dentro. As luzes estão apagadas, mas o brilho da lua traça um caminho até a cama. Ela dorme rápido. Aproximo-me da janela aberta, rasgando o dedo num prego enferrujado.

— Filho da...!

Chupo o sangue na ponta do dedo; o gosto de sangue com vodca causa um amargor na minha língua enquanto entro de cabeça pela janela e caio no chão, causando um leve baque surdo.

A amiga de Ella se levanta da cama no chão com os olhos arregalados.

— Ai, meu Deus.

Levo o dedo aos lábios assim que me levanto.

— Sshhh....

Ela ainda mostra uma expressão de preocupação, então, lanço meu sorriso mais charmoso.

Parece funcionar, pois ela volta para a cama. Com o máximo de cuidado possível, passo por cima da cama de Lila e deito com Ella. Ela sempre dormiu pesado, e nem se mexe. Pressiono meu peito contra as costas dela, envolvo meu braço em sua cintura e sinto o ritmo de sua respiração. Meu Deus, senti tanta falta disso. Não é normal. Enterro o rosto no pescoço dela, sentindo o perfume do seu cabelo, baunilha misturado com algo que é só dela.

Fecho os olhos, e pela primeira vez em oito meses, consigo dormir em paz.

Ella

Durmo horrivelmente durante metade da noite, virando-me e me mexendo, como o conto da princesa que dorme em cima de uma ervilha. Só que eu não tenho nada de princesa, e a ervilha é minha consciência pesada. Não sei por que me sinto culpada de dar o fora em Micha. Consegui agir com leveza nos últimos oito meses. Contudo, ele não era meu vizinho e eu não tinha que olhar para seus olhos de cachorrinho triste nem para seu charme sensual.

A insônia só piorou quando meu pai chegou cambaleando em casa no meio da noite, tropeçando em copos e garrafas, totalmente embriagado. Depois, eu o ouvi chorar no banheiro onde minha mãe morreu. Ainda dói ouvir, pois suas lágrimas são culpa minha.

Assim que consigo dormir, apago e acabo tendo a melhor noite de sono em décadas. Quando acordo, no meio da tarde, sinto-me revigorada e calma. Até perceber por quê.

Micha está na minha cama e eu estou em seus longos braços. O corpo dele está curvado sobre o meu, cada parte dele me toca. Sei que é ele pelo cheiro de colônia misturada com menta e algo mais que só pertence a Micha. Finjo estar dormindo, sugada por um sonho maravilhoso, recusando-me a acordar enquanto ele não for embora.

— Sei que você está acordada — ele sussurra em meu ouvido. A voz dele é rouca e tem hálito de bebida. — Abra os olhos e pare de me evitar.

— Você sabe que é ilegal entrar na casa de alguém sem permissão — digo de olhos abertos. — E entrar na cama de alguém... só um pervertido age assim.

— Eu não entrei. Eu caí — ele diz com um ar zombeteiro. Belisco o braço dele e ele ri. — Essa é a minha garota irritadinha — ele passa os lábios macios na minha testa. — Senti sua falta, Ella May.

Abrindo meus olhos, agito-me nos braços dele e digo:

— Por favor, não comece. É cedo demais.

Os olhos dele expressam cautela e seu cabelo está todo despenteado. Ele ri baixinho, um som que me dilacera por dentro.

— Finja quanto quiser, mocinha linda. Você e eu sabemos que, lá no fundo, está secretamente feliz por estar com seu corpo enroscado no meu.

Ele me abraça ainda mais forte ao entrelaçar suas pernas nas minhas.

Minhas pálpebras vibram diante do calor dele. Meu Deus, como senti falta disso. Senti falta demais, e meu corpo também, evidentemente.

— Então, para onde você foi? — ele pergunta, destruindo meu momento abençoado. — Para a faculdade em Vegas? Porque isso meio que me surpreende. Você nunca gostou muito da faculdade.

Minha mente volta à realidade.

— Não quero falar sobre isso agora. Só quero ter um verão tranquilo e depois voltar para o *campus*.

Ele pisca, e seus cílios se agitam na minha testa. Senti-los faz com que minhas coxas formiguem levemente e fecho os lábios para evitar que os gemidos escapem.

Ele franze as sobrancelhas e diz:

— Parece que você foi raptada por um bando de freiras, ou algo assim.

— Talvez eu tenha sido — respondo submissa. — Não prejudicaria ninguém se fosse.

Ele pensa no que eu disse, e um sorriso maroto se curva em seus lábios.

— Isso não é verdade. As freiras não podem fazer sexo, e eu ainda não realizei o sonho da minha vida, de transar com você.

Abro a boca, minha língua está pronta para descarregar uma resposta igualmente pervertida, mas eu a engulo, lembrando-me de que não sou mais esse tipo de garota. — Preciso acordar Lila. Ela tem um longo caminho pela frente.

Ele rola de leve e me prende debaixo do seu corpo, segurando meus braços acima da cabeça. Seus olhos azuis-piscina procuram os meus, e é como olhar para um oceano interminável. Ele suga o *piercing*, perdido em pensamentos.

— Você vai me contar, mocinha linda — ele afirma, inclinando a cabeça a fim de que seus lábios fiquem próximos do meu rosto. — Você sempre me conta tudo.

O segredo de Ella e Micha

— Micha, por favor... — Desprezo minha respiração ofegante. — Você sabe por que eu fui embora. Você estava lá naquela noite... você me viu... não posso fazer isso de novo. — A ansiedade se acumula na minha garganta e meus músculos se retesam debaixo do peso do seu corpo. — Por favor, deixe-me levantar. Não consigo respirar.

Ele se apoia nos braços e diz:

— Você podia ter falado comigo, em vez de fugir. Sabe disso.

Balanço a cabeça negativamente e respondo:

— Não, não podia. Não daquela vez. Daquela vez foi diferente. Você era parte da razão pela qual eu estava fugindo.

— Porque você me beijou? — ele pergunta abaixando o tom de voz para um sussurro rouco. — Ou porque eu a encontrei daquele jeito... naquela noite.

Engulo o peso enorme que está entalado em minha garganta. O beijo foi parte da razão. Foi um beijo de fazer a terra tremer, que roubou meu fôlego, e que me matou de susto, pois trouxe à tona sentimentos que nunca tive antes... sentimentos que me deixaram indefesa.

— Não quero falar sobre isso. Saia de cima de mim. — Agito os braços entre nós e empurro o peito dele.

Ele suspira e sai de cima de mim.

— Muito bem, não fale, mas isso não significa que poderá fugir de mim novamente. Irei atrás de você dessa vez — ele me ameaça com uma piscada ao sair da cama, e a corrente com rebites presa ao seu cinto faz barulho. — Vista-se e me encontre na garagem. Você tem que visitar Grady hoje.

— Não, obrigada — recuso-me e cubro a cabeça com o cobertor. — Eu disse a você ontem à noite que tenho coisas para fazer hoje. Além disso, não está de ressaca de ontem? Você estava bem chapado.

— Não faça isso — ele diz ofendido. — Não finja que ainda me conhece totalmente. Você foi embora por oito meses e muita coisa mudou.

Fico sem palavras.

— Micha, eu...

— Vamos, saia da cama. Vamos visitar Grady, quer você queira ou não.

Ele tira o cobertor de mim e o joga no chão; então, fico ali deitada de *short* xadrez e camiseta regata *baby look*, sem sutiã por baixo. Ele me encara de forma incisiva, com um brilho sombrio nos olhos, e sinto calafrios percorrerem minha pele.

Cubro-me com os braços e digo:

— Não vou ao Grady. Acabei de chegar em casa e tenho coisas a fazer.

— Ele está com câncer, Ella — diz indo para a porta, enfiando as mãos nos bolsos da calça *jeans* surrada. — É melhor tirar a Ella mimada da cama e ir vê-lo, antes que não possa mais.

Meus braços caem nas laterais do corpo quando me sento e pergunto:

— Por que ninguém me falou nada?

— Se você houvesse falado a alguém onde estava, teríamos contado — ele responde. — Só que tenho certeza de que seu pai sabia onde você estava, apesar de não contar nada para ninguém.

Não nego.

— Além do mais, contei a você na mensagem de voz que mandei ontem — diz ele olhando para meu celular na escrivaninha. — Mas acho que você ainda não ouviu, não é?

Balanço a cabeça negativamente.

— Não, fiquei surpresa demais ao ver seu número na tela.

Ele morde o *piercing*, algo que faz quando está nervoso, e diz:

— Pois é, melhor você apagá-la. Acho que não está pronta para ouvi-la ainda.

Olho para o telefone. Que diabos está acontecendo? Levanto-me da cama, arqueando as costas e me alongando como uma gata ao perguntar:

— Qual o estado de Grady?

Ele engole em seco e diz:

— Está morrendo, por isso você precisa trocar de roupa e me deixar levá-la para visitá-lo.

Começo a me opor, mas repenso a estupidez inicial. Grady é a única parte do meu passado da qual nunca fugi. Em determinado momento, ele foi como um pai para nós. Até liguei para ele de Vegas uma vez, apesar de não ter contado onde estava.

Assinto com a cabeça e digo:

— Vou trocar de roupa e encontro você em um segundo.

— Até já — ele pisca para mim e some pelo corredor, deixando a porta escancarada atrás de si.

Lila rapidamente se levanta da cama, apertando o lençol, e diz:

— Ai-Que-Inferno. O que foi aquilo? Quer dizer, ele entra aqui no meio da noite pela janela e deita com você na cama.

— Ele sempre faz isso — abro a janela deixando a brisa suave entrar. Fios de cabelos soltos dançam na frente do meu rosto.

— Ah, não.

Lila estica os braços sobre a cabeça e pergunta:

— O que foi?

Olho relutante para ela e conto:

— Acho que alguém deve ter confundido seu carro com uma tela de pintura.

Ela pula da cama e me tira da frente para ver os danos causados à sua bela Mercedes zerinho.

— Coitadinho do meu bebê!

Tiro uma saia e uma regata cor-de-rosa da mochila e digo:

— Vista-se, e vamos ver o tamanho do estrago.

Ela faz biquinho, parecendo que vai chorar.

— Não posso ir para casa assim. Meus pais vão me matar.

— Conheço um monte de gente que pode arrumar isso para você. Ou conhecia... mas tenho certeza de que continuam por aqui.

Ela concorda, e vou ao banheiro do andar de baixo para trocar de roupa, evitando ir ao do piso de cima. Ligo o chuveiro para que o espelho fique embaçado e esconda meu reflexo. Penteio o cabelo até que as pontas esvoacem naturalmente. Depois, aplico um brilho labial e vou para a porta, mas encontro meu pai na escada.

— Quando você chegou? — ele tem bafo de gim e seus olhos estão vermelhos. Suas bochechas afundaram mais nos últimos oito meses e sua pele enrugou como marcas no couro. Ele tem quarenta e tantos anos, mas a aparência é de sessenta.

— Ontem à noite — digo a ele pegando-o pelo braço para ajudá-lo a subir as escadas. — Fui dormir antes de você chegar.

Ele me dá um tapinha nas costas e diz:

— Bem, estou feliz por você estar em casa.

— Estou feliz por estar em casa — minto com um sorriso ao chegarmos ao topo da escada.

Ele solta seu braço da minha mão e coça a nuca, perguntando:

— Precisa de alguma coisa? Ajuda com as caixas?

— Acho que consigo fazer isso sozinha, mas obrigada — respondo esticando o braço quando ele cambaleia no degrau.

Ele assente, e seus olhos vão para a direção do banheiro no final do corredor. É bem provável que esteja pensando quanto me pareço com ela. Isso machuca seus olhos; pelo menos foi o que me disse na noite em que fui para a ponte.

— Falo com você mais tarde. Talvez possamos sair para jantar ou algo assim?

Ele não dá espaço para resposta ao ziguezaguear pelo corredor até o quarto, batendo a porta atrás de si.

Meu pai começou a beber quando eu tinha uns seis anos, alguns meses depois de minha mãe receber o diagnóstico de transtorno bipolar. Seu hábito não era tão forte na época. Ele ia algumas noites ao bar e às vezes aos finais de semana, mas, depois que mamãe morreu, cerveja e vodca dominaram nossa vida.

Quando volto para o quarto, Lila está usando um vestido de verão amarelo, os cabelos cacheados, e um par de óculos de sol esconde seus olhos.

— Sinto-me um lixo — ela declara levando as mãos à cintura.

— Este lugar faz isso com as pessoas — pego meu celular, percebendo o aviso de mensagem de voz ao colocar os chinelos.

Saímos, deixando a atmosfera carregada para trás e indo em direção à luz brilhante do sol envolvendo o cenário de casas e apartamentos decadentes. O bairro está cheio de motocicletas reverberando seus motores, e ao longe dá para ouvir o som de briga de namorados. Micha não parece estar por perto.

Há muito tempo eu me sentia em casa aqui; no tempo em que rachas e corridas ao ar livre pareciam naturais. Mas, agora, eu me sinto perdida.

Lila começa a roer as unhas, boquiaberta e confusa na frente do carro.

— De perto, parece pior.

Ando em volta do carro com os braços cruzados, avaliando os danos. Parece uma fruteira, só que, em vez de estar cheia de frutas, está cheia de indiretas e palavras coloridas. Por alguma razão, vejo-me à beira de um ataque de risos.

— Eles a pegaram de jeito.

Ela balança a cabeça negativamente e diz:

— Não tem graça. Você sabe quanto vai custar para arrumar isso?

O pai de Lila é um advogado influente na Califórnia. Seus pais estão sempre mandando roupa, dinheiro, carro. Ela nunca havia trabalhado um dia sequer na vida, e me deu o maior trabalho quando comecei como garçonete na Applebee's, implorando-me para sair mais cedo para irmos à balada.

— O que fazemos? — ela pergunta tirando uma tinta verde do farol com as unhas.

Aponto para a rua e digo:

— Há uma oficina não muito longe daqui.

Ela olha para a rua coberta de buracos e sarjetas sujas e diz:

— Mas é uma Mercedes.

— Tenho certeza de que para pintar um carro, não importa o fabricante, é tudo a mesma coisa.

— Mas, e se fizerem alguma coisa com o carro?

— Como pichá-lo novamente? — pergunto de modo sarcástico, e ela faz uma careta.

— Desculpe. Vamos achar alguém, certo? Podemos levar a algum lugar em Alpine. É um bairro bem melhor que este.

— Não posso dirigir meu carro desse jeito — ela reclama apontando para o veículo. — Está horrendo.

— Eu dirijo, então — ofereço-me estendendo a mão para pegar as chaves.

— Você está brincando? — ela bate no capô do carro e diz: — Este é meu bebê. Ninguém o dirige a não ser eu. Você sabe disso.

— Acho que seu bebê está precisando seriamente de cirurgia plástica.

O segredo de Ella e Micha

Micha vem a passos largos da varanda de sua casa para a garagem. Está usando *jeans* preto, uma camiseta cinza justa, e seu cabelo loiro cai em seus olhos. Com suas pernas longas, ele pula a cerca que separa nossos quintais.

— Conheço o lugar perfeito para consertar seu carro aqui na cidade, assim você não precisa dirigir muito. — Ele pisca para Lila e diz: — A propósito, sou Micha.

— Oi, sou colega de quarto de Ella, ou melhor, ex-colega de quarto — Lila diz com um sorriso acolhedor, escorregando os óculos de sol para a ponta do nariz. — Não sabemos se vamos ficar no mesmo quarto no semestre que vem.

Ele mostra a ela seu sorriso de músico e diz:

— Dividir um quarto com Ella? Isso deve ser difícil — olha de um jeito travesso para mim, tentando me provocar.

Ela ri e ajeita os óculos nos olhos novamente, dizendo:

— Não, ela é uma colega de quarto maravilhosa, na verdade. Limpa e cozinha e tudo o mais. É como ter uma empregada doméstica só para mim.

— Ella sempre foi boa nisso — ele concorda, sabendo a verdadeira razão.

Mesmo antes de minha mãe morrer, pois ela nunca foi muito boa em cuidar da casa, tive que aprender a me virar muito cedo, senão, teria morrido de fome e apodrecido numa casa infestada por ratos.

— Então, quer que leve seu carro à oficina que falei? Como disse, é bem perto.

— Sim, parece ótimo. — Ela arrasta as sandálias contra o cimento. — Prefiro ir a um lugar aqui por perto.

Reviro os olhos mentalmente. Esse é Micha. Tem o poder de fazer qualquer mulher se contradizer se realmente for a vontade dele.

Ele envolve meus ombros com o braço e me dá um beijo na testa.

— Mas tenho que levar esta mocinha linda para ver um velho amigo primeiro.

— Por favor, pare de me chamar assim — imploro. — Nunca gostei desse apelido, e você sabe disso. Nunca nem entendi por que você me chama assim.

— E é por isso que é legal, mocinha linda. — Ele me puxa para perto e acaricia meu rosto com seus lábios, beijando-me de uma forma que faz minha pele se aquecer. — E então? Está pronta para ver Grady? Você também pode vir se quiser... é Lila, né?

— Sim, é Lila. Lila Summers. — Ela estende a mão para Micha e o cumprimenta. — E irei com certeza. Este lugar me deixa um pouco nervosa.

— Sua família não está esperando você hoje à noite? — pergunto escapando dos braços de Micha.

— Vou mandar uma mensagem para eles avisando que só irei amanhã. — Ela pega o telefone e procura em seus contatos. — O carro fica pronto até amanhã, não fica?

— Não dá para dizer — responde Micha. — Ethan é o melhor, mas é meio lento.

Ela balança a cabeça com um encanto nos olhos e pergunta:

— Esse Ethan é o mesmo Ethan da festa de ontem? Aquele de cabelo *sexy* e mãos bem grandes?

Micha morde os lábios, abafando a risada, olhando-me de soslaio. Não consigo evitar um sorriso.

— Sim, é ele mesmo. Prefere deixar o carro com ele agora?

— Bem, sim, se você acha que tudo bem. Sou muito exigente com quem mexe no meu carro; pelo menos, meu pai é muito exigente com quem mexe no meu carro.

O segredo de Ella e Micha

— Vai dar tudo certo — ele garante com uma piscadela. — Nunca desapontei uma garota.

— Ah, é? — Lila ri, olhando-me de forma constrangida, como se estivesse preocupada em pisar no meu território.

— Vamos ou não? — Sinto uma pontada de ciúmes.

— Sim, vamos, mocinha linda.

Micha vai na frente e seguimos até a garagem da casa dele.

Ao entrar, fico boquiaberta. Estacionado bem no meio, entre as paredes repletas de prateleiras e ferramentas, há um Chevy Chevelle SS 1969 brilhando. Está pintado num tom preto esfumaçado, com uma faixa de corrida em tom vermelho cereja no centro.

— Você finalmente o consertou?

Ele dá um tapinha no capô imaculado, seus olhos brilham de excitação.

— Finalmente, depois de uns quatro anos.

Os olhos dele encontram os meus, procurando minha aprovação, e pergunta:

— E então, o que acharam?

— É meio velho — diz Lila, fazendo careta. — E grande demais.

— Pensei que gostasse de coisas grandes — provoca Micha. Dou um soco no braço dele e ele ri. — Ai, estava falando de mãos. Puxa, sua mente é bem suja!

Reviro os olhos e digo:

— Sei do que estava falando, seu pervertido.

Ele dá de ombros, seus olhos reluzem na luz do sol que entram pelas janelas foscas.

— Viu só? Fiz você sorrir, não fiz?

— Vamos de carro até a casa de Grady? — pergunto num tom neutro.

Ele tira as chaves do bolso e as joga para mim, dizendo:

— Sim. Vá em frente, é todo seu.

Balanço a cabeça de leve e devolvo as chaves como se estivessem queimando minhas mãos.

— Não, obrigada. Não quero.

Ele arqueia uma das sobrancelhas, ficando tão *sexy*...

— Como assim você não quer?

— Estou falando que não quero dirigir.

Quase morro ao dizer isso. Ando pela frente do carro, abro a porta e faço um gesto para que Lila entre.

— Mas tem um motor 572 — diz ele espantado, com as chaves soltas em seus dedos. — Como é que você não quer dirigir?

Por dentro, estou morrendo de vontade, mas não dou o braço a torcer.

— Tudo bem, Micha. Prefiro ficar no banco do passageiro.

— O que você quer dizer com isso? Um motor 572 ou sei lá o quê? — Lila pergunta ao andar pela lateral do carro. — Esperem, vocês estão falando de carros? Ella não gosta de carros. Na verdade, ela faz a gente pegar ônibus na maioria das vezes que saímos do *campus*.

— É mesmo? — O tom dele é sarcástico. — Isso é novidade para mim.

— É um desperdício de gasolina — minto, tentando mascarar a verdade, pois sinto saudades disso. O ímpeto, a velocidade, a adrenalina alta.

Lila se senta no banco de trás do carro. Eu me sento no banco do passageiro e Micha abre a porta da garagem. Liga o motor, deixando-o roncar, provocando-me antes de sair.

— Estou começando a achar que a Ella que eu conheci não é a mesma que você conhece — diz Lila ao afivelar o cinto.

Ele sai a toda velocidade para a rua e comenta:

— Acho que você está começando a entender, Lila, pois a que eu conheci amava carros. Na verdade, ela ficava na garagem o dia todo com os rapazes enquanto outras garotas arrumavam os cabelos e se maquiavam. — Ele ri para mim de forma maliciosa. — Ela ficava toda excitada quando tirávamos rachas.

Por mais que tente disfarçar minha agitação, não consigo. Aquelas noites quentes de verão, a toda velocidade na estrada, lado a lado com outro carro, o ímpeto flutuando por todo meu corpo.

Micha corre o dedo na minha nuca e o apoia em meu pulso.

— Você está ficando excitada só de pensar, não é?

Seu toque faz com que meu corpo todo sinta saudades. Afasto a mão dele, cruzo os braços e foco na janela, observando o bairro que mais parece um borrão por causa da alta velocidade do carro. Micha troca de marcha e o motor ronca mais alto, começando a queimar fumaça.

— É permitido dirigir nessa velocidade? — Lila pergunta nervosa. Olhamos para ela, que está se segurando na ponta do banco de couro. — É que parece que você está indo rápido demais, especialmente num bairro calmo como esse.

Micha me olha resoluto ao trocar de marcha.

— O que você acha? Vou mais rápido ou diminuo?

Quero lhe pedir que diminua, colocar meu cinto e olhar para o outro lado, mas uma paixão que estava morta reacende. Ele pisa no acelerador, olhando em meus olhos, desafiando-me a desviar o olhar primeiro.

— Ai... não acho que seja uma boa ideia — ouço a voz de Lila ao longe.

O carro segue ainda mais veloz pela rua estreita e os olhos dele me desafiam a pedir que diminua; e parte de mim quer isso. "Desesperadamente." Mas quando ele muda de marcha, indo cada vez mais rápido, meu corpo implora para que continue.

Subitamente, Lila grita:

— Sinal vermelho!

Os olhos de Micha brilham como a luz do sol refletindo no oceano. Ele pisa no freio, fazendo o carro derrapar, arremessando-nos para frente. Minha mão dispara para frente e me protejo para não atingir o painel do carro.

— Você está louco? — a voz de Lila está trêmula ao voltar para o banco, ajeitando o vestido nas pernas. — Qual o problema de vocês dois?

Micha e eu olhamos um para o outro e meu corpo queima com um desejo oculto que não admito existir. Meu coração bate forte, estável e vivo novamente. Por um segundo, estou de volta a um lugar perdido.

E então, Micha estraga tudo.

— Viu, a velha Ella ainda vive. — Ele sorri de forma arrogante ao passar por uma rotatória. — Ela só precisava de um empurrãozinho.

Travo o cinto de segurança, provando que ele está errado, e digo:

— Ela não vive. Foi embora para sempre.

— Fale quanto quiser, mas eu a estou trazendo de volta. — Ele morde o lábio, olhando novamente para a rua, e resmunga. — Não vou deixar aquela noite destruir você para sempre.

Mas ela destruiu. Quebrou-me em um milhão de pedaços e os espalhou com o vento, como folhas secas. Aquela noite foi uma das mais incríveis que tive na vida.

E depois, rapidamente, mergulhei no fundo do poço.

Capítulo 5

Micha

Lá está ela, a garota que eu conhecia. É visível em seus olhos verdes que está ficando excitada. Ela sempre foi estranha assim, a velocidade e o perigo sempre foram sua motivação. Então, tenho que diminuir, a excitação se dissolve. Ela coloca o cinto de segurança e resmunga alguma coisa sobre a Ella que eu conheço ter ido embora para sempre. Mas eu a estou chamando de volta. Tenho grandes planos para trazer minha melhor amiga de volta, quer ela queira, quer não.

Ela está usando uma saia curta e uma regata justa o suficiente para mostrar as curvas. O fato de não poder tocá-la me deixa louco.

— O que aconteceu com o desvio da estrada? — ela pergunta ao passarmos pelo local em que costumávamos estacionar durante nossos passeios. — Parece que nem dá mais para pegar a estrada para o vale.

— Dá se formos a pé ou se tivermos um quadriciclo para subir a montanha.

O desvio está bloqueado por uma cerca grande para que os carros não entrem na estrada de terra que leva à área reservada próxima ao lago.

— Eles o bloquearam depois que prenderam uma galera por posse de drogas e álcool.

— Alguém que eu conheço? — ela pergunta fingindo indiferença.

Bato os dedos no topo do volante e digo:

— Sim, você está sentada ao lado de um deles. Mas eu só estava em posse de álcool.

A amiga dela se segura no banco do carro e vejo Ella revirar os olhos.

— Qual foi sua pena? — ela pergunta sem rodeios.

— Condicional e aulas de controle de raiva — respondo com a mesma indiferença.

Ela vira a cabeça para mim e diz:

— Aulas de controle de raiva?

— Também dei um soco na cara de Grantford Davis — explico. — Foi forte. Ele quebrou o nariz e tudo mais.

Lila se segura de novo e me pergunto como ficou amiga de Ella. Parece uma princesa ingênua.

Ella me analisa com precisão com seus lindos olhos que sempre entregam o que ela realmente está pensando, e indaga:

— Por que você bateu nele?

— Acho que você sabe por quê — respondo encarando-a.

— Eu pedi a ele para me levar até a ponte, Micha. — Ela fala como se isso a estrangulasse. — Não foi culpa dele. Só estava me fazendo um favor.

— Ele jamais devia ter deixado você sozinha — Ligo a seta, entrando na curva da estrada de terra que leva para um campo de grama alta e seca. — Não naquela condição. Você mal conseguia pensar direito. Na verdade, você se lembra de alguma coisa a respeito daquela noite?

Ela brinca com as pulseiras no punho e responde:

— Não tenho muita certeza.

— Não tem certeza? — pergunto de forma acusadora. — Ou não que admitir?

Ela começa a abrir a boca, mas cerra os lábios e se vira para a janela, dispensando a mim e à conversa.

Ella

Na noite em que fui para a ponte, senti um pânico estranho o dia todo. Minha mãe havia morrido havia poucas semanas e eu não conseguia me livrar daquele sentimento vil em meu peito, e queria ir embora. Muito. Então, tomei medidas drásticas e decidi percorrer o caminho de minha mãe por uma noite.

Minha mãe não era péssima. Teve seus bons momentos, mas teve muitos momentos ruins também. Quando estava bem, era ótima, muito divertida. Pelo menos era o que eu pensava quando era mais nova. Contudo, conforme fiquei mais velha, foi doloroso perceber que sair por aí comprando tudo, viajar no meio da noite, fingir poder voar... não eram atitudes normais.

Mas a noite da ponte não foi a pior experiência que eu tive. Foi apenas o último empurrão para meu rápido declínio rumo à perda de controle da minha vida.

— Ella, onde você está? — A voz de Micha me chama de volta à realidade

Estacionamos na frente do *trailer* de Grady, localizado num campo, perto de um ferro-velho e de um condomínio de apartamentos abandonado. Tiro o cinto, saio do carro e empurro meu banco para Lila sair também.

— Não, obrigada — ela balança a cabeça negativamente em seu lugar e diz: — Acho que vou esperar aqui.

— Estamos muito mais seguros lá dentro — Micha aponta para uma cabana caindo aos pedaços no meio do campo. — Ali é um ponto de drogas, e pode acreditar em mim, se eles virem você sentada aí, sozinha, virão assediá-la.

Micha está zoando com ela, mas eu deixo, porque o lugar não é muito seguro mesmo.

Ela faz uma careta e sai do carro.

— De quem é essa casa? Não é de traficante, é?

— Não, é só um velho amigo.

Troco olhares secretos com Micha e sentimentos correm por dentro de mim como o sol e o vento. Grady já foi padrasto de Micha. A mãe dele e Grady foram casados por alguns anos, e ele faz parte da maioria das lembranças felizes da nossa infância, acampamentos, pescaria e consertos de carros. Entre os oito e nove anos a vida era perfeita, não era despedaçada.

Encontro Micha na frente do carro e ele pega minha mão; não me oponho. Estar aqui é como viajar no tempo, e me dói saber que o homem que me mostrou que a vida pode ser boa está morrendo.

Lila abaixa a barra do vestido, constrangida.

— Você tem certeza de que não terei problemas entrando ali?

— Relaxe — digo a ela ao chegarmos à varanda da frente, que está despencando. — Grady é um bom homem, só que gosta de um estilo de vida que não valoriza coisas materiais. Foi escolha dele viver num lugar assim.

Ela força um sorriso tenso e diz:

— Tudo bem, estou relaxando.

Micha aperta minha mão e bate na porta. Algumas batidas mais tarde e resolvemos entrar por conta própria. Está tudo como me lembro, e isso me faz sorrir, pois é reconfortante. Grady foi um grande viajante quando era mais novo, e suas paredes mapeiam todos os seus destinos; pequenas bonecas russas aninhadas uma dentro da outra em uma prateleira; uma máscara africana pintada à mão pendurada na parede; um enorme narguilé do Nepal sobre uma pequena mesa de armar. Isso me emociona e traz minhas lembranças à tona.

O segredo de Ella e Micha

O *trailer* é pequeno, com uma cozinha estreita conectada à sala de estar, e quase não há espaço para nós três.

Micha escorrega a mão até meu braço e me puxa para perto dele, perguntando:

— Está tudo bem?

Balanço a cabeça de forma afirmativa, esforçando-me para não chorar. Micha me dá um beijo na têmpora e não me retraio dessa vez, permitindo-me esse pequeno momento.

— Vai ficar tudo bem — Micha diz. — Estou aqui com você.

Acabou o momento.

— Onde ele está?

Respiro fundo, saio de perto de Micha e sufoco a antiga Ella. Ele aponta por sobre meu ombro. Viro-me, e meu coração cai até o estômago. O homem alto e robusto, com olhos azuis brilhantes e a cabeleira vasta, transformou-se numa figura frágil e esquelética, com olhos fundos e cabeça raspada. Sua jaqueta xadrez está extremamente larga e seu cinto precisou de buracos a mais para fechar.

Hesito em abraçá-lo e pergunto:

— Como vai? Você está bem?

— Estou sempre bem. Você sabe disso. Nem mesmo um cancerzinho pode me derrubar.

Ele sorri, e é o mesmo sorriso brilhante de sempre. Usando a bengala, vem em minha direção. Encontro-o no meio do caminho, na frente da cadeira esfarrapada de couro, e o abraço de forma gentil, com medo de quebrá-lo.

— Como vai você, minha pequena Ella May? — Ele dá um passo para trás para me olhar.

Levo as mãos ao meu cabelo, constrangida.

— Mudei um pouco a aparência. Achei que uma pequena mudança aqui e ali não faria mal.

Ele balança a cabeça de forma contemplativa e diz:

— Não, não é isso. Tem mais coisa. Você parece triste.

— Estou bem — nego, mas não finjo bem. — Estou ótima.

Ele sorri de forma tolerante para mim.

— Você nunca mentiu bem, sabe disso. Eu sempre soube que foi você quem quebrou o vaso.

Atrás de mim, Micha concorda, balançando a cabeça.

— São os olhos dela. Eles mostram demais. Mas ela não concorda com isso.

— Se você sabia que eu quebrei o vaso, por que não me disse?

Grady ri e troca olhares com Micha, respondendo:

— Porque a história elaborada que você inventou conquistou meu coração, acho. Além disso, era só um vaso.

Micha fica na parede perto da porta, brincando com o relógio e o cabelo enquanto olha ao redor do *trailer* apertado.

A tensão se dissipa, com exceção de Lila, que parece não saber onde ficar.

— Grady, esta é Lila — apresento-a, fazendo um sinal para que ela se aproxime. — Ela era minha colega de quarto na faculdade.

Lila dá um passo à frente e acena de forma tímida para ele.

— Prazer em conhecê-lo.

— Igualmente. — Grady assente com a cabeça de forma acolhedora e depois arqueia as sobrancelhas para mim. — Então, faculdade? Foi para lá que você fugiu.

— Desculpe não ter contado a você quando telefonei. Só precisava de um tempo. Um tempo de tudo.

— Não vou dizer que não doeu um pouco. — Ele solta o peso do corpo na bengala, e seus braços e pernas parecem magros demais para se mover. — Você é como uma filha para mim, e pensei que confiasse o suficiente para vir até mim quando estivesse com problemas.

Os olhos dele desviam-se para Micha e pergunto-me se ele contou a Grady sobre a noite na ponte, oito meses atrás.

— Preciso dar um telefonema — Micha mostra o telefone e volta para a porta. — Lila, por que você não vem comigo aqui fora?

Lila concorda com alegria e a porta se fecha atrás deles, fazendo a casa balançar.

Grady se joga na poltrona, suspirando de alívio.

— Precisamos conversar.

Preparando-me para um sermão, jogo-me no sofá côncavo de frente para ele.

— Estou encrencada, não estou?

— Você acha que precisa estar encrencada? — pergunta ele apoiando a bengala na mesa de centro.

Coloco um travesseiro no colo e me ajeito.

— Não sei. É difícil dizer o que é certo ou errado, ou até mesmo o que está acontecendo e o que não está.

Ele balança a poltrona e diz:

— Você sempre teve uma boa percepção de certo e errado. Só tem dificuldade de admitir que, às vezes, escolhe o errado.

— Sei disso — aponto para mim mesma. — É por isso que me transformei em uma Ella que não faz nada errado e que consegue manter a vida sob controle.

— Não é verdade. Isso é você fugindo da vida, e não pode controlar tudo. Mesmo querendo.

As palavras dele me dão calafrio na espinha. Puxo um fio solto no travesseiro e pergunto:

— Micha contou sobre a noite em que fui embora? Ele disse o que aconteceu, o que fiz?

Ele aperta os lábios e diz:

— Contou, sim.

— Então você entende porque fui embora. Se não mudar, vou acabar como ela. Vou acabar como minha mãe — admito em voz alta pela primeira vez e alivio o peso em meu peito; mas logo em seguida ele parece dez vezes mais pesado. — Vou perder o controle.

Ele se curva para frente com uma expressão triste em seu rosto exausto.

— Você sabe que eu conhecia sua mãe muito bem.

— Só porque você sempre ajeitava tudo depois que ela tinha seus ataques.

— Querida, você não é ela. Sua mãe era doente, ela tinha uma doença mental.

— Transtorno bipolar é hereditário — digo baixinho. — Tenho uma grande chance de ter só porque ela teve.

— Mas isso não significa que terá. — Com as pernas instáveis, ele se ergue da cadeira e senta ao meu lado no sofá. — Acho que você tem tanto medo de ficar como sua mãe que está escondendo quem realmente é. Mas você não pode controlar tudo. Ninguém pode.

— Mas posso tentar — resmungo e ajeito a postura, tirando o travesseiro do colo. — Você lembra como eu era. Todas as besteiras que fazia. As coisas estúpidas e irresponsáveis. Eu estava louca e esperando que aquela noite acontecesse para poder provar. Eu quase... quase me matei.

— Não é verdade. Fiquei sabendo da história, e você jamais teria chegado até o fim — diz ele com confiança. — Você estava apenas tentando entender algumas coisas. E ainda está.

— Não. Eu ia fazer — digo a ele, mas é mentira. — Minha mente estava confusa, mas lembro o bastante para saber que, quando subi no topo da ponte, eu ia pular.

O segredo de Ella e Micha

Ele balança a cabeça negativamente e diz:

— Então você se lembra do que aconteceu depois com Micha.

— Sim, eu me lembro. — Sinto falta de ar. — Eu o beijei e depois o deixei na ponte. Daí, fui para casa, arrumei minha mala e fugi.

— Não, aconteceu mais uma coisa naquela noite — ele diz franzindo a testa. — Micha levou você para outro lugar. Pelo menos foi o que ele me disse.

Coço o pulso, tentando lembrar, mas os acontecimentos daquele dia estão obscuros.

— Não me lembro de nada disso.

— Pelo que entendi, você estava fora de controle e muito chateada. Essas duas coisas não são uma boa combinação. Pode confiar em mim, já passei por isso. — Seus dedos procuram a bengala. — Micha salvou você do pulo, mas há mais coisa nessa história.

— Quando você diz que já passou por isso, o que quer dizer exatamente?

— Quero dizer que já estive numa situação em que o único caminho parecia ser o fundo do poço.

Analiso as palavras dele com cuidado.

— Sabe, vim aqui para ver se você está bem, mas só falamos de mim.

— E é exatamente disso que eu preciso. Estou doente e cansado das pessoas querendo falar sobre minha morte.

Abro a boca, mas a porta da frente se abre. Espero por Micha, mas entra uma senhora de meia-idade usando um moletom preto e camiseta branca. Seu cabelo tingido está trançado e ela carrega uma grande mala preta.

Ela sorri para Grady ao fechar a porta, dizendo:

— Você não está se comportando. Sabe que não deve sair da cama.

Grady revira os olhos, mas seu rosto se ilumina.

— Sim, não me comportei. Acho que você terá que me punir.

Tento ignorar os comentários constrangedores da melhor forma que posso, mas é ridiculamente estranho.

— Ella, esta é Amy — sua atitude séria se alivia quando diz o nome dela.

Levanto-me do sofá e a cumprimento com um aperto de mão, percebendo que não há aliança no dedo dela.

— Você é a enfermeira dele?

Grady começa a querer levantar e ela o ajuda, mas ele faz um gesto para que pare e diz:

— Eu consigo. Não estou aleijado ainda.

Ela suspira e volta para onde estava.

— Sim, sou a enfermeira e tenho que cuidar dele, mas é um homem teimoso e se recusa a me deixar fazer meu trabalho adequadamente.

Ele resmunga e depois ri. Usando a bengala, vai para o corredor, e seus pés se arrastam pelo tapete surrado laranja; ele pergunta:

— Ella, você pode vir aqui amanhã? Quero falar mais com você.

— Tudo bem. Vou voltar — prometo, e ele desaparece pelo corredor. Viro-me para a enfermeira e pergunto:

— Qual o estado dele?

Ela coloca a bolsa no balcão e abre o zíper, dizendo:

— O que ele lhe disse?

— Que está com câncer — respondo enquanto ela tira mais algumas sacolas da bolsa. — Mas só isso. Ele não gosta muito de falar sobre si mesmo.

Ela enfia a mão na bolsa e tira vários frascos de medicamentos, dizendo:

O segredo de Ella e Micha

— Não, ele não se abre mesmo, não é? — Ela chacoalha um frasco cheio de um líquido claro. — Ele tem câncer estágio quatro nos ossos.

Quase caio no chão ao ponderar:

— Estágio quatro, mas então, isso significa que...

— Isso significa que ele tem uma estrada curta e difícil pela frente — diz com franqueza. — Você é a Ella Daniels, certo? E seu pai é Raymond Daniels?

Meus dedos apertam o tecido da poltrona como se fosse uma tábua de salvação e digo:

— Sim, por quê?

— Por nada — ela diz dando de ombros. — Grady fala de você às vezes.

— Mas você conhece meu pai — digo com cautela.

Ela fecha a bolsa, vai para a pia da cozinha com a medicação e explica:

— Eu era a enfermeira de plantão na noite em que ele foi atropelado.

Porque ele estava bêbado de cair e decidiu andar de bicicleta no meio da estrada.

— Então, você toma conta de Grady aqui na casa dele?

Ela abre a torneira, enche um copo de água e diz:

— Sou a enfermeira domiciliar que ele contratou depois que decidiu que não queria passar os últimos meses numa cama de hospital.

Ele só tem alguns meses? Preciso recuperar o controle da situação. Seguro-me na porta e digo:

— Fale para Grady que o vejo amanhã.

Desço a escada cambaleando e quase caio no chão e engulo poeira. Por sorte, Micha está no pé da escada e guarda o celular para me segurar.

73

Ele me pega no ar, seus dedos firmes na minha cintura, e me olha com preocupação, indagando:

— Tudo bem, o que aconteceu?

— Ele está morrendo — sussurro olhando para o campo seco. — Está morrendo mesmo.

— Eu sei. — Micha me abraça com força, as pontas de seus dedos tocam minha pele nua. — Eu lhe disse antes de virmos para cá.

Meus pulmões parecem não deixar o oxigênio entrar, e digo:

— Pensei, quando você disse que... bem, não sei o que pensei, mas não foi isso — aponto com a mão para a porta sem olhar para ela. — Não uma enfermeira. Não só alguns meses.

As mãos dele envolvem minhas costas e ele me aperta contra o peito. Apoio a cabeça nele, sentindo seu perfume reconfortante. Começo a perguntar o que aconteceu naquela noite, mas o medo da verdade me inibe. E se foi ruim? E se foi algo que me fez passar dos limites?

— O que você quer fazer hoje? — ele sussurra. — Fale e faremos.

Eu me afasto piscando para interromper as lágrimas. Meu olhar vai até Lila, que está sentada no carro, retocando o brilho labial no espelho retrovisor.

— Tenho que levá-la à oficina e colocá-la de volta na estrada.

Contrariando meu protesto, Micha segura minha nuca e me puxa para perto.

— Você podia dar um perdido nela.

Dou um tapa em seu braço e pergunto:

— Desde quando você é malvado com as garotas?

— Desde que elas não param de reclamar da monotonia desta cidade — ele diz fazendo voz de líder de torcida. — E os chiliques. É ridículo. Dez minutos aqui fora com ela e quero levá-la para a boca lá em cima e sair correndo.

O segredo de Ella e Micha

— Aquela cabana não é um ponto de drogas e você sabe disso. — Balanço a cabeça, forçando um sorriso novamente. — E eu conheço você muito bem. Tenho certeza de que você não vê a hora de transar com ela.

Ele faz uma pausa, e depois sua mão lentamente explora minhas costas e desce para minha bunda. Ele a agarra, acionando um calor dentro de mim, fazendo escapar um gemido dos meus lábios. Por um segundo, esqueço onde estou.

— A única com quem quero transar é você — murmura entre meus cabelos.

Recupero o controle e me afasto.

— Sério? Você vai começar com isso? Bem aqui? Neste lugar?

Ele aponta com a mão para o *trailer* e diz:

— Por que não? Por causa de Grady? Ele ficaria feliz em finalmente nos ver juntos. Ele diz há anos que nós dois vamos acabar juntos.

Tampo os ouvidos e falo:

— Não posso ouvir isso.

Em três passos largos ele está com o rosto colado no meu, quase pisando nos meus pés.

— Você acha que só porque foi embora eu mudaria meus sentimentos? Bem, adivinhe só? Você está errada. Não posso evitar o que sinto. Ainda estou apai...

— Não fale isso — digo apontando o dedo para ele. — Não ouse, Micha Scott.

Ele estica os braços e arregala os olhos num tom zombeteiro.

— Ah, agora estou encrencado. Você falou meu sobrenome.

Olho para o carro, verificando se Lila estava ouvindo a conversa, depois me viro para ele e digo:

— Você está encrencado. Voltei há menos de um dia e tudo que tenho feito é evitar desabar por sua causa.

Os olhos dele mostram um azul intenso.

— Bom. Você é doida se pensa que pode fugir e mudar sua identidade. Essa garota de faculdade sem sentimentos que você inventou não passa de besteira. Você não pode mudar quem é por fora e esperar mudar por dentro — ele acusa, apontando para minha regata, a saia branca de babados, e para o cabelo cacheado.

A raiva toma conta de mim e eu o empurro, dizendo:

— Você está errado.

Suas botas chutam a poeira, ele recupera o equilíbrio e sorri de forma arrogante.

— Estou? Neste exato momento, aquele fogo que eu amo tanto está queimando. — Ele leva a mão à minha bochecha para me tocar, me seduzir.

— Micha, essa é quem tenho que ser, caso contrário, não consigo respirar. Por favor, deixe-me sozinha. O maldito fogo pode existir, mas quero que ele vá embora.

Fico de costas para ele rezando para que me escute dessa vez, pois, se continuar, mais cedo ou mais tarde não vou conseguir resistir.

Mas Micha nunca fugiu de nenhum desafio.

Capítulo 6

Micha

O sofrimento nos olhos dela quase me mata. Se fosse possível, voltaria no tempo para fazê-la parar de subir naquela árvore naquela bendita noite horrorosa. Talvez assim eu ainda tivesse minha melhor amiga por perto.

Decido fazer uma parada para tentar distraí-la. Estaciono o carro numa vaga ao ar livre na frente do pequeno café localizado no coração da cidade, entre as lojas Stop n' Shop e Bubba's Sports Barn. Desligo o motor e espero pacientemente que ela me dê uma bronca.

Seu rosto enrubesce quando percebe onde estamos.

— Micha, não estou a fim disso agora. Tenho coisas para fazer, e Lila também.

— Qual é, você não me vê tocar há décadas — seduzo com paciência, usando minha voz mais *sexy*. — Só vou tocar uma música. Entrar, sair e pronto.

— Para mim, parece legal — Lila diz do banco de trás, finalmente relaxando um pouco agora que estamos longe do *trailer* de Grady. — Adoro bandas, e vocalistas são sempre atraentes.

— Micha toca violão e canta sozinho — Ella diz com uma pontada de possessividade nos olhos. — Ele não é vocalista. É cantor solo.

— Para mim, é tudo a mesma coisa. — Lila dá um tapinha na cabeça de Ella de uma forma que penso ser uma piadinha entre as duas. — Com banda ou não, um cara que sabe tocar e cantar é sempre gostosão.

Sorrio de forma carismática e me inclino na direção do console.

— Vamos, mocinha linda — imploro, pegando uma mecha do cabelo dela. — Você sabe que quer me ver tocar todo gostosão e *sexy*, cantando no palco. Você sabe que sente falta disso.

Meus olhos se apertam, e ela luta para não deixar escapar um sorriso.

— Você sabe que essa voz não funciona comigo. Já vi você a usando muitas vezes com muitas garotas.

— Não a usei com garota alguma desde que você foi embora.

Deixo a verdade escapar. Costumava sair com quem quisesse, mas assim que as coisas começaram a mudar na nossa amizade, ficou claro que o vazio que eu estava tentando preencher era ela. — E não quero usá-la com mais ninguém...

Ela leva a mão à minha boca e diz:

— Vou com você, mas só se parar de falar essas coisas que me deixam constrangida.

— Espere. E o meu carro? — Lila se inclina para frente e arruma o cabelo usando o espelho retrovisor. — Está ficando tarde. A oficina não vai fechar?

Tiro a mão de Ella do meu lábio e entrelaço meus dedos nos dela.

— Vamos voltar a tempo. Prometo.

Ella hesita, olhando para o café como um rato prestes a entrar na cova do leão.

Aperto a mão dela e insisto.

— Venha, vamos entrar. Está tudo bem.

Ela observa suas mãos e depois ergue o olhar, olhando rapidamente para os meus lábios antes de se decidir por meus olhos.

— Todo mundo ainda vem para cá?

— Kelly e Mike vêm, e Renee e Ethan — respondo. — Mas Grantford não vem mais aqui.

O segredo de Ella e Micha

Os lábios carnudos dela se transformam num sorriso, e ela diz:

— Porque você socou a cara dele.

— Em parte, é por isso. — Retribuo o sorriso e solto sua mão para sair do carro. Parece que estou tendo algum avanço.

Ela sai do carro e se alonga, arqueando as costas e empinando o peito. Tenho vontade de arrancar a camiseta dela, deitá-la no banco de trás e fazer coisas que nunca fiz com ninguém de quem gostasse.

— O que você está olhando? — Ela puxa a barra da camiseta para baixo.

Ela realmente não faz ideia de quanto é bonita. Nunca fez. Mesmo quando viveu a fase *punk*/gótica, Ella era linda.

Balanço a cabeça, incapaz de tirar os olhos dela, e respondo.

— Nada. Só pensando.

Ela bate a porta e atravessamos o estacionamento lotado. Coloco a mão nas suas costas, mas ela tira minha mão e fica ao lado de Lila, deixando-a entre nós.

Faço uma careta. Talvez eu não esteja indo tão bem quanto pensava.

Ella

Se ele continuar olhando assim para mim, minha força vai por água abaixo, transformando-se numa poça quente e vaporosa. Micha tem os olhos mais penetrantes do mundo, azuis intensos como o mar. Ele está flertando comigo; costumava fazer isso o tempo todo de brincadeira, e eu entrava no jogo.

Mas, dessa vez, parece diferente, mais impetuoso e real. É como se ele estivesse abrindo seu coração, coisa que ele não fazia. Pelo menos comigo. Exceto no dia em que parti.

O café está cheio, mesmo num sábado à tarde. Todos os bancos e mesas estão ocupados e há um cara de cabelo castanho despenteado tocando teclado no palco, sua voz meio desafinada. Os baristas estão trabalhando muito na longa fila que se estende até a porta e no canto. Pessoas trabalham em seus *notebooks*.

— Onde vamos sentar? — pergunta Lila examinando o lugar. — Não há lugares vazios.

Micha vê Ethan e Renee no canto e acena para eles.

— O problema está resolvido — ele diz pegando minha mão e abrindo caminho.

Renee é uma garota baixinha que usa delineador pesado e tem cabelos ruivos escuros. Seus olhos cor de amêndoa se fixam na mão de Micha entrelaçada à minha. Tento tirar a mão, mas Micha me segura com mais força.

— Ei, Ella — ela finge um sorriso com seus lábios vermelhos escuros. — E aí?

— Tudo bem — Não falo muito, pois com Renee é melhor assim.

— E então, nos encontramos de novo — Ethan sorri, mostrando as covinhas para Lila, e puxa uma cadeira para ela. — Você decidiu ficar aqui por um tempo.

Lila olha para ele e se senta.

— Obrigada. Tive que ficar porque detonaram meu carro ontem à noite.

Micha pega a última cadeira e começa a me puxar para que eu sente no colo dele. Meus olhos analisam o local em busca de uma cadeira sobressalente, mas está tão cheio que tenho que ficar em pé perto da parede.

— Eu não mordo, Ella May. — Há um desafio nos olhos de Micha. — A menos que você queira.

O segredo de Ella e Micha

Todos estão olhando para mim. Não quero fazer uma cena, por isso sento-me no colo dele. Ethan olha para Micha com espanto, mas este o ignora, roubando um pãozinho da cesta no meio da mesa.

Ele enfia o pão na boca e pergunta:

— A que horas vão abrir o microfone?

As sobrancelhas negras de Ethan se franzem.

— Por quê? Está pensando em tocar de novo? Só o que posso dizer é que já passou da hora.

— O que quer dizer com "de novo"? — pergunto pegando um pãozinho para mim. — Por que ele não está mais tocando?

Ethan arregaça as mangas da camiseta, cruza os braços na mesa e dirige a Micha seu olhar de código secreto que eu nunca consegui decifrar. Giro o corpo para olhar para Micha, mas me arrependo na mesma hora. Seus olhos são tão intensos que me sinto fora de mim por um segundo.

— Você parou de tocar? Por que faria isso? Não é mais seu sonho?

Ele dá de ombros, enlaçando minha cintura com os braços.

— Sem você assistindo não é a mesma coisa.

— Muitas vezes não vi você tocar — digo colocando as mãos em seu ombro. — Mesmo quando morava aqui.

Ele balança a cabeça e fios de cabelo loiro caem em sua testa.

— Isso não é verdade. Você nunca perdia uma.

Recordo, e sei que ele tem razão.

— Não quero que pare sua vida porque não estou mais aqui.

— E eu não quero que você esteja em outro lugar que não seja aqui.

Ele aperta minha cintura e eu pulo instintivamente com o calor pungente que se espalha por minhas pernas.

— Vão pedir alguma coisa? — interrompe a garçonete.

Fazemos nossos pedidos e a garçonete fica toda cheia de risadinhas ao anotar o pedido do Micha, mesmo vendo que estou sentada no colo dele.

Seu nome é Kenzie e eu nunca gostei dela. Ela costumava ajudar Stacy Harris a atormentar uma garota da escola, uma que andava de cadeira de rodas. Casualmente, recosto-me no peito de Micha, como se fosse sem querer. Ninguém parece notar, com exceção da garçonete. E de Micha. O coração dele bate mais rápido, como se a proximidade do meu corpo o deixasse louco.

Ela faz uma careta e enfia o pedido no avental.

— Já volto com as bebidas de vocês.

Espero Micha me dizer algo, mas ele fica quieto, com as mãos em minhas coxas nuas. Sei que é errado e que ele não é meu. Deixei isso claro no dia em que fui embora, mas não consigo me controlar. Desde que éramos crianças, sempre senti necessidade de mantê-lo longe das garotas que não eram boas o suficiente para ele. É difícil se livrar de velhos hábitos.

Micha

Ethan olha para mim como se eu fosse um idiota. Provavelmente é por eu estar sorrindo como um idiota, mas não consigo evitar. Ella ficou toda possessiva com a garçonete. Nunca fez isso, nem mesmo antes de partir.

— Essa banda é interessante — Lila grita por causa do banjo que está tocando no palco. — É esse tipo de música que você toca?

Ethan, Renee e eu caímos na risada. Até Ella cobre a boca, esforçando-se para não rir.

O segredo de Ella e Micha

— Não, querida, não é isso que eu toco — digo dando um gole no café. — A minha é mais...

— Sensual — Ella diz e eu a encaro. Ela ignora o olhar e responde: — Pense mais no estilo das letras do Spill Canvas.

Lila tira umas migalhas da mesa e diz:

— Aquela banda que você sempre ouve quando está estudando?

Ella faz que sim com a cabeça, mas se mexe como se estivesse desconfortável.

— É essa mesma.

Sinto-me melhor sabendo que ela ainda ouve a mesma música. Pelo menos isso não mudou. Deixo uma das mãos na perna dela, com medo de ela sair correndo se eu a soltar completamente. Roubo outro pãozinho da cesta e o enfio na boca. Lila começa a conversar com Ethan e Renee pega o celular.

Coloco o cabelo de Ella para o lado e levo meus lábios à orelha dela.

— Então, você me acha sensual, hein?

Ella sorri para mim, fingindo estar profundamente imersa no banjo.

— Não, eu disse que sua música é sensual.

— É tudo a mesma coisa — ouso beijar o ombro dela, sentindo a maciez da pele, querendo-a tão intensamente que fico excitado só de pensar.

Ella percebe isso também e se contorce em meu colo, piorando as coisas.

— Pare, rapaz — ela brinca e ri de forma nervosa, depois pressiona os lábios e começa a se levantar.

Eu a prendo pela cintura e a coloco de volta no meu colo. A gente se encaixa tão perfeitamente que minha mente explode e todos aqueles sentimentos que tinha por ela antes que fosse embora voltam à tona. Preciso demais dela. Agora. Esquecendo as pessoas ao redor, minhas mãos gradualmente escorregam pelas coxas de Ella.

— Micha — protesta ela com voz trêmula. — Não faça isso. Tem gente...

Eu a silencio conforme meus dedos afagam a barra de sua saia. Não consigo parar. Tenho segurado essa tensão sexual há décadas. Comecei a me sentir assim em relação a ela quando tinha dezesseis anos. Ignorei esses sentimentos o máximo possível, pois sabia que ela surtaria quando descobrisse. Houve alguns beijos roubados em nossas brincadeiras, mas, na noite da ponte, quando finalmente eu disse o que sentia, tudo mudou. Como eu pensava, ela surtou.

Logo depois que ela foi embora, dormi com várias tentando me livrar dessa fome, mas, depois de um tempo, percebi que não fazia sentido. Ella havia tirado algo de mim que eu só poderia recuperar se ela fosse minha.

Então, deixo minhas mãos correrem até a barra da saia e os dedos dela massageiam minhas coxas. Pergunto-me até onde isso vai, já que estamos numa mesa em uma sala cheia, e quase recuo; mas uma de suas pernas cai para o lado e vejo um convite.

— Muito bem, está na hora de abrir o microfone. — A garçonete que me despiu com os olhos fala no palco. — Se você ainda não se inscreveu, pode fazer sua inscrição com Phil. — Ela aponta para o proprietário, um homem de meia-idade sentado no canto ao lado das caixas acústicas.

— Essa é sua deixa.

Ella se levanta rapidamente, pensando ter se livrado.

Antes de ir fazer minha inscrição, acaricio as costas dela e sussurro:

— Não pense que isso acabou, porque não acabou.

O segredo de Ella e Micha

Ela treme, e vou para a mesa com um sorriso de satisfação no rosto.

— Nossa! Filho da mãe — diz Phil por trás da mesa. Ele é um ex-integrante de uma banda *cover* dos anos 1980 e ainda mantém a aparência da década, com *mullets* no cabelo e as roupas cor de néon. — Veja só o que o vento trouxe!

— Sentiu tanto minha falta assim, hein?

Assino meu nome na folha de inscrição.

— Você está brincando? Tudo que tive que ouvir nos últimos oito meses foi banjo e uns *hippies* tocando bongô. Juro que parece que Woodstock baixou aqui.

Rio, colocando a caneta na mesa.

— Bem, é bom saber que sentiram saudades.

Phil aumenta o volume dos amplificadores.

— Saudades é apelido. Por favor, diga que vai começar a tocar aqui de novo. Estou desesperadamente necessitado de uma atração. Este lugar está falindo.

Sorrio de forma educada, voltando para a mesa.

— Não, é bem provável que não. Acho que não vou ficar por aqui muito tempo. Tenho lugares para ir, pessoas para ver.

No caminho de volta à mesa, cruzo com Naomi, a filha de Phil. Ela é alta, tem cabelos negros, e é uma cantora sensacional. Eu tocava com ela antes que caísse na estrada com uma banda. Na verdade, éramos bem próximos, mas nunca mais conversamos.

— Ai, meu Deus! Estou tão feliz de encontrar você — ela diz, e há um pouco de batom vermelho em seus dentes.

— E todo mundo não fica? — provoco indo embora.

Ela ri e pega no meu braço.

— Vejo que você ainda continua metido.

Paro de atuar e pergunto:

— Então, voltou para cá?

Jessica Sorensen

— Sim, mas só por algumas semanas. Podemos conversar depois que você tocar? Há algo que realmente preciso falar com você. Na verdade, algo bem grande.

— Como você sabe que eu ia tocar?

Ela aponta para a mesa e diz:

— Acabei de ver você se inscrever.

— Tudo bem. Falo com você mais tarde.

Despeço-me dela perguntando-me o que ela poderia querer falar comigo.

Ella

Maldito Micha. Ele está me matando com seus toques e olhares prolongados e agora vai cantar. Sempre me derreti com a voz dele, sentávamos na cama e ele dedilhava o violão enquanto eu desenhava. Aqueles foram alguns dos momentos perfeitos da minha vida.

— Ella, qual o problema com você? — Lila pergunta num tom acusador. — Você está meio dispersa.

Tomo o leite e arrumo o suporte no centro da mesa a fim de não ver meu reflexo no aço inoxidável.

— É que está meio quente aqui. Só isso.

— Com certeza está.

Ela não vai parar de olhar para mim, como se estivesse tentando entrar na minha cabeça.

Quando Micha sobe no palco, não muito longe da nossa mesa, meu coração começa a dizer palavras incompreensíveis.

Sentado num banquinho com o violão no colo, ele leva os lábios ao microfone, mordendo o *piercing*, e diz:

— Essa se chama *O que ninguém vê*.

Ele toca um acorde com os olhos fixos em mim:

86

O segredo de Ella e Micha

Vejo em seus lindos olhos, como um lugar ao sol.
As coisas que você quer esconder, enterradas dentro de você.
Ofuscadas por sua luz.
Quase dói só de olhar, quase dói respirar.
Nunca se pode olhar para as coisas que ninguém vê.
Escondidas por sua luz.

Por favor, leve-me para dentro de você, por favor, acolha-me.
Nunca mais sussurrarei, nunca desistirei.
Mesmo quando estiver morrendo,
para ti meu coração sempre darei.
Protegido pelo invisível, isolado do tormento.
Quebrando você em pedaços, que só trarão sofrimento.
Velada por sua luz.
Apaixonada pelo mundo, mas negligenciada por tantos.
Sua alma brilha em você,
desesperada para brilhar para o mundo.
Mas bloqueada pela escuridão.
Por favor, leve-me para dentro de você, por favor, acolha-me.
Nunca mais sussurrarei, nunca desistirei.
Mesmo quando estiver morrendo,
para ti meu coração sempre darei.[3]

Com uma última nota, ele termina a canção. A multidão aplaude e meus olhos desviam do seu olhar intenso, fixando-se

---

[3] No original: *I see it in your beautiful eyes, like a spot on the sun./ The things you want to hide, buried deep inside you./ Blinded by your light./ It almost hurts to look at, almost hurts to breathe./ Never can you look at the things no one ever sees Shaded by your light. /Please take me inside you, please take me in./ Never will I whisper, never will I give in./ Even when I'm dying, your heart will always win./ Shielded to the sightless, isolated from the naïve./ Breaking you in pieces, that can only ever grieve./ Veiled by your light./ Passionate for the world, yet overlooked by most./ Your soul flickers in you, desperate to shine for the world/ But blinded by your darkness./ Please take me inside you, please take me in./ Never will I whisper, never will I give in./ Even when I'm dying, your heart will always win.* (N. da T.)

na porta. Quero sair correndo, como se o lugar estivesse pegando fogo.

— Nossa! — Lila respira se abanando. — Você tem razão. Aquilo foi SENSUAL.

— Sei tocar bateria. — Ethan bate os dedos na mesa e faz som de bateria. — E sou muito bom.

— Não deixe que ele a engane. — Renee bebe o café e uma curva de sarcasmo se forma em seus lábios. — Ele sabe tocar bateria em banda de *rock*, só isso.

Ethan olha com raiva para Renee.

— Dá para parar? Não tem mais graça.

Lila olha para mim pedindo uma explicação.

— Eles são assim — explico suspirando forte. — Brigam como cão e gato.

Lila apoia os cotovelos na mesa e segura o queixo com as mãos.

— El, seu irmão não toca bateria?

— Sim, tocava — digo. — Um pouco.

— Dean sim que é gostosão — Renee comenta tentando me irritar.

Micha pega o violão e sai do palco para que o próximo cantor entre; uma garota com tranças cor-de-rosa que parece estar se vingando do mundo. Uma menina alta de pernas longas encontra Micha no canto do palco. Seu cabelo negro é bem comprido, seus olhos acinzentados são impressionantes, e seu sorriso brilha. O nome dela é Naomi e é filha do proprietário do café, com quem Micha tocou algumas vezes.

Ela diz algo e Micha ri. Uma pontada de inveja queima em mim, mas sufoco-a rapidamente. Ela o tira do palco e a mão dele vai às costas dela. Ele olha mais uma vez para mim antes de desaparecer atrás do palco. Não consigo entender de forma alguma, e, quando consigo, fico ainda mais assustada.

O segredo de Ella e Micha

Lila bebe o leite de soja e olha para mim pela borda da xícara.

— Não importa o que você diga. Aquele garoto está apaixonado por você.

Fico em silêncio, rasgando um guardanapo até deixá-lo no formato de um coração.

— Pode até ser, mas não é o tipo de amor de que estamos falando.

— Então, Ella — Ethan interrompe, e juro que ele faz isso de propósito. E se foi, sou grata por isso. — Como é a vida na cidade?

— Maravilhosa. — Amasso o guardanapo e o jogo na cesta vazia de pães.

— Isso não parece muito convincente. — Ethan apoia o braço nas costas da cadeira de Lila e cruza as pernas. — Você não gosta de lá?

Forço-me a ficar animada e ajeito a postura.

— Na verdade, é bem legal. Tem muita coisa para fazer e a faculdade é ótima.

— Você está agindo de forma estranha. — Ethan me olha esfregando o queixo. — Algo a deixou toda tensa.

— Estou muito bem — nego. — Apesar de que essas perguntas são um pouco demais.

Lila me olha ao lamber a espuma dos lábios.

— Ele tem razão. Você parece chateada ou coisa do tipo. — Põe a mão em minha testa e diz: — Você não está ficando doente, está?

Micha volta para a mesa e o café parece um pouco mais vazio. Ele pega uma cadeira vazia, leva-a para perto da mesa, vira-a ao contrário e depois se senta nela.

— Então, quais os planos para o resto da noite? — Ethan pergunta enquanto Micha verifica suas mensagens no celular.

— Tenho que levar o carro desta senhorita para você arrumar.

Micha aponta com a cabeça para Lila. Ethan parece satisfeito.

— Uau! É uma honra consertá-lo.

Micha coloca seu celular no bolso.

— Temos que passar na casa da Ella para pegá-lo. Encontramos você na oficina em meia hora.

— Perfeito. — Ethan acena para que a garçonete traga a conta.

Ignoro, distraída, ao pensar onde ele foi com aquela garota.

— Sim, com certeza.

Todo mundo leva um café para viagem e vamos para a porta. Deixo o meu na mesa, junto com algo mais, mas não sei bem o quê.

Talvez um pedaço da minha nova identidade.

***

Micha e eu não nos falamos o caminho todo de volta para casa. Isso deixa Lila um pouco surtada, e eu me preocupo com o fato de quanto mais tempo ela passar aqui comigo, menos tempo vai passar comigo no *campus*. Quando paramos na entrada de carro que fica ao lado da minha casa, esperando por mim vejo um doloroso lembrete de mais uma razão pela qual não queria voltar.

— De quem é esse carro? — Lila pergunta aproximando-se de mim no banco. — É bonito.

— Por que ele está aqui? — pergunto fazendo uma careta para o Porsche vermelho com placa de Ohio.

— Seja gentil — avisa Micha com a voz cheia de sarcasmo. — Ele é seu irmão.

— Isso não o torna menos cretino — resmungo. — E ele jurou, quando foi embora, que nunca mais voltaria aqui.

— Esse carro é do seu irmão? — pergunta Lila. — Deus do céu, o que ele faz da vida?

Pressiono a ponta dos dedos nas laterais das narinas e digo:

— Quem sabe?

— Bem, como ele consegue ter um carro desses? — ela indaga com interesse.

— O carro não é dele — digo —, é da minha mãe.

Micha e eu nos entreolhamos de forma maliciosa, relembrando o dia em que o carro misteriosamente apareceu na garagem. Ela nunca disse a ninguém como conseguiu, e, por um tempo, Dean e eu esperamos que a polícia aparecesse para prendê-la por roubo. A polícia nunca apareceu, e conforme o tempo foi passando, acabou virando um jogo para minha mãe.

Não só em relação ao carro, mas em relação à vida. Nunca soubemos se ela estava falando a verdade ou não.

Depois que ela morreu, Dean ficou com o carro. Agiu como se fosse direito dele, e talvez fosse mesmo. Não foi ele que saiu de fininho de casa naquela noite, deixando a mãe sozinha.

— E aquele carro lindo ali é seu — lembro a Lila desviando a atenção para outro lugar. — E você devia levá-lo para consertar antes que Ethan vá embora da oficina.

Ela salta no assento do carro e diz:

— Gostaria muito de conhecer seu irmão antes de ir.

— Tenho certeza de que ele estará aqui ainda quando você voltar. Na verdade, espero que tenha ido embora.

— Vamos, Lila, vai ser rápido — Micha abre a porta. — Podemos deixar o carro lá e voltar a pé. Não é tão longe.

Quando saímos do carro, ele olha para mim por cima do teto do veículo.

— Você vem com a gente?

— Acho que preciso ficar. — Meus olhos vão até a porta dos fundos. — Vai saber por que ele está aqui e o que vai dizer a papai. E não acho que papai seja capaz de lidar com as confusões dele.

Pressionando as mãos no teto, Micha se aproxima e pergunta:

— E você? Consegue lidar com as confusões dele?

— Vou ficar bem — garanto. — Vá arrumar o carro. Ela precisa ir embora antes de ser absorvida por este lugar.

— Esta cidade não é tão ruim assim — diz Micha fechando a porta. — Você também costumava pensar assim.

— Também costumava acreditar que minha mãe ia melhorar. E veja só que decepção imensa foi isso.

Do fundo do carro, Lila pisca para mim, surpresa.

— Ella, não sabia que sua mãe estava doente.

Micha faz uma expressão de cautela e diz:

— Vamos, Lila. Ella tem razão, se Ethan ficar entediado demais, vai embora.

Eles vão para o carro de Lila e eu caminho em direção à entrada, desejando poder correr para os braços de Micha para aliviar o buraco em meu peito.

Micha

Preocupo-me com Ella durante todo o percurso até a oficina. Dean nunca foi um bom irmão, e no funeral culpou-a pela morte da mãe. Ele basicamente a estraçalhou. Talvez fosse seu jeito de sentir seu próprio luto, mas, mesmo assim, ele foi desagradável dizendo o que disse.

O segredo de Ella e Micha

— E aí, o que rola entre Ella e o irmão? — Lila pergunta apoiando o braço no console.

— Acho que é algo que você devia perguntar para ela — digo ao virar o carro no estacionamento da oficina. — Essa história não me diz respeito.

Lila solta o cinto de segurança e diz:

— Mas Ella nunca falou muito sobre sua vida. Sempre fica tão calada sobre isso, e achei que fosse reservada. Mas do jeito que todo mundo fala dela por aqui, acho que não é.

— Ela costumava falar tudo o que pensava. — Vou até a porta, mas hesito, precisando desabafar. — A Ella que eu conheci não era essa garota certinha com quem você anda. Era impetuosa, e não tolerava mancadas de ninguém. O jeito dela a metia em muita confusão, mas também era o tipo de pessoa que conseguia suportar as quedas, mesmo quando a culpa não era dela.

— Acho que vi essa parte dela quando paramos no banheiro, ao chegar à cidade — Lila pondera. — Havia um cara grosseiro, e Ella quase bateu nele.

Tento não sorrir e digo:

— Pois é.

— Ela era assim quando você a conheceu? Muito briguenta?

Lila sorri, e percebo que não é tão chata quanto pensei a princípio.

— Sim, sempre foi meio briguenta.

Abro a porta, e minhas botas arrastam o cascalho quando entro.

Há poucos carros estacionados em frente à oficina e as duas portas da garagem estão abertas. Uma caminhonete está estacionada lá dentro e o dono do local, pai de Ethan, está debaixo do capô.

— Então, o que você faz? — Lila pergunta ao entrarmos.

— Um pouco disso, um pouco daquilo — respondo em tom de brincadeira.

— Então, é segredo — ela entra na brincadeira.

Giro a corrente presa na calça e respondo:

— Por enquanto, é como se fosse.

— Entendi.

Ela não pressiona, e gosto ainda mais dela.

Ethan está esperando por nós no balcão com a cabeça inclinada para trás.

— Já era hora. Eu estava quase indo embora.

Lila começa a rir ao pegar o telefone na bolsa.

— Vocês não estavam mentindo mesmo.

Ethan coloca os pés no chão e se levanta.

— Qual é a graça?

— Nada — respondo apoiando os braços no balcão. — Ella e eu acabamos de dizer que se não nos apressássemos, você ficaria entediado e iria embora.

— Então, vocês estavam falando de mim por trás — ele contorna o balcão, ficando perto de Lila. — Você está com a chave do carro ou deixou lá?

Jogo as chaves para ele, que as pega e pergunta:

— Onde está Ella?

— O irmão dela apareceu por lá — explico. — Então, voltou para casa.

Ethan arregala os olhos e pergunta:

— E você a deixou sozinha com ele?

— Só para deixar o carro aqui. Lila e eu vamos voltar a pé.

Lila olha para Ethan e para mim e pergunta:

— Tem alguma coisa errada com o irmão dela?

— Ela vai ficar bem. — Aproximo-me da porta de vidro com os braços cruzados e olho o relógio. — Mas já está na hora de voltarmos.

— Acho que eu devia ficar aqui — diz Lila fazendo careta para seu celular.

— Tem certeza? Ethan vai cuidar bem dele.

Ela parece chateada ao jogar o telefone na bolsa.

— Sim, preciso ter certeza de que o carro está sendo bem cuidado.

— Tudo bem. Você consegue ir para casa sozinha? — pergunto ao abrir a porta.

— Pode deixar que eu a levo — Ethan se oferece de forma casual.

Lila ajusta a bolsa no ombro e dá um sorrisinho.

— Obrigada.

— Muito bem. Se estiver tudo bem para vocês dois, então os vejo mais tarde.

Caminho pelo estacionamento em direção à rua. Está ficando tarde, e a chance de o carro de Lila ficar pronto até o final do dia é mínima. Pego o celular e mando uma mensagem de texto para Ella.

Eu: Só quero ter certeza de que vc está bem.

Desço a rua pela calçada cercada de casas e gramados totalmente secos. Há um ponto de drogas na esquina e um grupo de adolescentes, parecendo jovens demais para estar no ensino médio, está por lá. Esse lado da cidade é bem decadente, e por mim tudo bem; mas quando Ella e eu éramos crianças, era duro lidar com isso.

Ella sempre foi curiosa com as coisas. Muitas vezes fomos perseguidos por metermos o nariz onde não éramos chamados e apanhei várias vezes por tê-la defendido.

Mas eu faria tudo de novo sem pestanejar; somos eu e ela contra o mundo. Sempre foi assim.

Meu telefone vibra dentro do bolso e vejo a mensagem, surpreso ao ver seu nome na tela.

Ella: Não. Acho que não estou.

Sem pensar duas vezes, corro o mais rápido que posso em direção a sua casa.

Capítulo 7

Ella

Dean está ouvindo música no último volume e fazendo o teto vibrar. Começo a recolher o lixo na cozinha, evitando o confronto de vê-lo novamente. Apoiando a lata de lixo na cintura, arrasto o braço pelo balcão, puxando uma fila de garrafas vazias sobre ele.

Retiro a fita do saco de lixo e amarro, segurando-o longe de mim.

— Meu Deus, isso fede.

— Estou vendo que você continua limpando a sujeira de papai.

Dean fala ao entrar na cozinha. Está vestindo calças largas e uma camisa de botão, as mangas arregaçadas até os cotovelos. Seus cabelos castanhos escuros estão curtos e deixam aparente a cicatriz no alto da cabeça, onde eu o atingi sem querer durante um maldito acidente quando jogávamos beisebol com um taco improvisado e uma bola de basquete.

— Nada muda por aqui, mesmo depois de você ter ido embora por um ano.

Ele abre a geladeira e rouba uma cerveja.

— Mas você realmente está diferente. Finalmente decidiu mudar?

— Você se importa mesmo com isso? — pergunto arrastando o saco de lixo até a porta. — Acho que você deixou bem claro, da última vez que esteve aqui, que não dá a mínima para o que acontece comigo.

Jessica Sorensen

Ele abre a tampa da garrafa e pergunta:

— Você ainda está nessa?

— Você me disse que eu matei mamãe — falo baixinho. — Como é que posso superar isso?

Ele toma a cerveja e dá de ombros.

— Achei que você tivesse ido embora para tocar sua vida.

Respiro profundamente e digo:

— Não toquei minha vida. Simplesmente fugi, assim como você.

— Fui embora pela mesma razão, pois ficar aqui significa lidar com o passado, e nosso passado é do tipo que precisa ser trancado e jamais revisitado.

— Está falando sobre lidar com a morte da mamãe. E sobre o fato de que ela está morta por minha culpa. Ou de que sou responsável pela morte dela.

Ele tira o rótulo da garrafa e diz:

— Por que você sempre tem que ser tão direta sobre tudo? Isso deixa as pessoas desconfortáveis.

Estou voltando ao meu antigo modo de agir e preciso me controlar. Abro a porta da frente e jogo o saco de lixo na escada do fundo.

— Quer sair para comer alguma coisa? Podemos ir a Alpine, onde ninguém nos conhece.

Ele balança a cabeça negativamente, toma o restante da cerveja e depois joga a garrafa no lixo.

— A única razão pela qual voltei aqui foi para pegar o resto das minhas coisas. Depois, estou fora. Tenho assuntos mais importantes aos quais voltar do que dramas familiares e pais alcoólatras.

Ele me deixa na cozinha, e alguns segundos depois a música já está no último volume novamente. É um ritmo mais pulsante, e isso me deixa louca; então, ligo o rádio da cozinha, que toca *Shameful Metaphors*, do Chevelle.

Começo a varrer a cozinha, ignorando as palavras do meu irmão. Ele sempre gostou de apontar meus defeitos, o que, para mim, tudo bem. Mas, no funeral, ele passou dos limites, e não dá para voltar no tempo.

A porta dos fundos se abre e uma rajada de vento sopra quando meu pai entra cambaleando pela cozinha. Seus sapatos estão desamarrados, as calças *jeans* rasgadas e a camisa manchada de sujeira e graxa. Sua mão está enrolada em um trapo velho, ensopado de sangue.

Deixo a vassoura cair no chão e vou correndo até ele.

— Ah, meu Deus, você está bem?

Ele hesita e balança a cabeça negativamente, tropeçando até a pia.

— Só me cortei no trabalho. Não foi nada.

Abaixo o volume da música e pergunto:

— Papai, você não estava bebendo no trabalho, estava?

Ele abre a torneira e enfia a cabeça embaixo da água.

— Eu e os rapazes tomamos uns tragos na hora do almoço, mas não estou bêbado — responde, tirando o trapo para colocar a mão debaixo da torneira, deixando escapar um suspiro de alívio conforme a água se mistura ao sangue. — Seu irmão está em casa? Achei ter visto o carro dele na entrada.

Pego um papel toalha e limpo o sangue que caiu no balcão e no chão.

— Ele está lá em cima pegando umas coisas ou algo assim.

Ele limpa a mão com o papel toalha, contorcendo-se de dor.

— Bem, isso é bom, acho.

Aproximo-me para examinar a mão dele.

— Preciso levá-lo ao médico? Acha que precisa de pontos?

— Eu vou ficar bem — diz pegando uma garrafa de vodca, dando uma golada e jogando um pouco na mão.

— Papai, o que você está fazendo? — pergunto pegando o *kit* de primeiros socorros em cima da pia. — Use o álcool do *kit*.

Respirando pelos dentes fechados, ele envolve a mão no papel toalha e diz:

— Viu? Está novo em folha.

— Ainda pode infeccionar. — Pego o *kit* de primeiros socorros e o coloco no balcão. — Você devia me deixar levá-lo ao médico.

Ele me encara por um momento com os olhos cheios de agonia e diz:

— Meu Deus, você se parece tanto com ela, que loucura.

Arrasta os pés ao ir até a porta da sala de estar. Segundos mais tarde ouço a televisão ligar e o ar se enche de fumaça.

Sentimentos reprimidos vêm à tona quando guardo o *kit* de primeiros socorros no armário. Aumentando o volume da música, enterro minha dor e me ocupo com os pratos. O telefone vibra em meu bolso e limpo as mãos em uma toalha antes de verificar as mensagens. Há uma mensagem de voz que Micha deixou ontem que ainda não ouvi, e uma nova mensagem de texto.

A mensagem parece a menos perigosa das duas. Minha mão treme ao lê-la repetidas vezes, e então, finalmente, respondo. Jogo o celular no balcão e me concentro na limpeza, pois é simples. E simplicidade é o que quero.

Micha

Entro na casa de Ella. Algo ruim aconteceu, provavelmente por causa do babaca do irmão. Ella está esfregando os balcões

O segredo de Ella e Micha

com a mesma energia de um baterista. Está de cabelos presos, mas há alguns cachos soltos no rosto. Está ouvindo música, então, não me ouve entrar. Ando até ficar atrás dela, querendo tocá-la, mas, em vez disso, diminuo o volume da música.

Ela solta o papel toalha que está segurando e gira o corpo.

— Você me matou de susto — diz pressionando a mão no peito. — Não ouvi você entrar.

— Isso é meio óbvio — examino seus olhos verdes cheios de mistério.

Ela pega uma pilha de pratos e os leva para o armário antes de voltar para a pia. Está chateada com alguma coisa e há agitação demais nela. A mãe agia assim muitas vezes. Mas Ella não é a mãe, quer perceba isso ou não.

Tiro os pratos da mão dela e os coloco sobre a pia.

— Quer me contar o que a deixou perturbada assim?

Batendo os dedos na lateral das pernas, ela balança a cabeça negativamente.

— Jamais devia ter mandado aquela mensagem. Não sei por que mandei.

Ela começa a se afastar de mim, mas seguro a barra da sua camiseta.

— Ella May, pare de falar comigo como se fôssemos colegas de trabalho. Conheço você melhor que ninguém e sei que tem alguma coisa chateando você.

— Eu disse que estou bem.

A voz dela está tensa e ela tenta controlar as lágrimas. A garota nunca se permitiu chorar, nem mesmo quando a mãe morreu.

— Não, não está. — Seguro-a pelos ombros e viro-a para mim. — E você precisa relaxar.

Ela olha para o chão e diz:

— Não consigo.

Apoio meu dedo no queixo dela para erguer sua cabeça, olhando em seus olhos.

— Sim, você consegue. Isso está matando você por dentro.

Os ombros dela estremecem e ela deixa a cabeça cair em meu peito. Afago suas costas e digo que vai ficar tudo bem. Não é muito, mas o suficiente para o momento.

Finalmente, ela se afasta, e não dá para perceber o que sua expressão diz quando pergunta:

— Onde está Lila?

— Eu a deixei com Ethan na loja. — Sento-me à mesa da cozinha, que está cheia de contas que ainda não foram abertas. — Ela voltará quando o carro estiver arrumado.

Ela olha pela janela, perdida em seus pensamentos.

— Lila podia ir direto para casa quando Ethan terminar. Não precisa voltar aqui.

— Onde ela mora?

— Na Califórnia.

— Então, ela não deveria partir hoje à noite. — Olho pela janela, para o sol que se põe por detrás dos pequenos montes. — Está tarde, e ela não deveria dirigir sozinha, certo?

Ella concorda, distraída enrolando o cabelo com o dedo.

— E eu me preocupo com ela dirigindo sozinha. Quer dizer, ela praticamente surtou quando encontramos Grantford nos toaletes perto do lago.

Meus dedos agarram a ponta de mesa e indago:

— Vocês encontraram Grantford?

Ela tira a mão do cabelo, deixando-a cair na lateral do corpo, e diz:

— Sim, mas não foi nada. Ele apenas agiu como ele mesmo, você sabe como é.

O segredo de Ella e Micha

Solto a ponta da mesa, tentando espantar a raiva da minha cabeça. Não importa o que Ella diga, Grantford jamais deveria tê-la deixado na ponte naquela noite, quando estava fora de controle.

Estico as pernas à minha frente e mudo o rumo da conversa.

— Como você ficou amiga da Lila?

Ela morde os lábios, pensando.

— Éramos colegas de quarto.

Ella dá de ombros, deixando os lábios entre os dentes, e isso me deixa louco, porque tudo que quero fazer é mordê-los eu mesmo.

— Ela era bem legal e diferente de todos os meus amigos daqui, e eu queria uma mudança.

Eu salto da mesa e fico na frente dela.

— Mudar é bom, mas afastar-se por completo é uma história totalmente diferente, Ella, você... você algum dia falou com alguém sobre o que aconteceu com sua mãe?

Seus ombros ficam tensos e ela vai em direção à porta, preparando-se para sair.

— Isso não é da sua conta.

Bloqueio sua passagem e digo:

— É sim. Conheço você desde sempre, então, tenho plenos direitos sobre o que se passa na sua cabeça.

Os olhos dela se estreitam e ela leva as mãos à cintura, dizendo:

— Saia da minha frente, Micha Scott.

— O que deu em você para usar meu sobrenome? Antes, quando você ficava brava comigo, me chamava de babaca.

— Não uso mais essas palavras — ela diz de forma objetiva. — Agora, sou mais delicada.

— É mesmo? — pergunto num tom acusador. — Você parece bem irritada comigo o tempo todo.

— Estou tentando não ser — ela responde nervosa. — Mas você torna as coisas bem difíceis para mim.

— Tudo bem, você precisa de um tempo. Já estou por aqui com essa sua teimosia ridícula — digo pegando-a pela cintura e colocando-a sobre meu ombro.

Ela deixa escapar um grito abafado e bate os punhos nas minhas costas, dizendo:

—Micha, ponha-me no chão!

Ignorando-a, caminho até a porta e saio pela entrada vazia da casa. Penso em agarrar a bunda dela só por agarrar, mas tenho medo que ela me morda... embora não pareça estar brava.

— Micha — ela reclama furiosamente. — Ponha-me no chão!

Minha mãe sai de casa quando estou levando Ella para a garagem. Usa um vestido preto que é pequeno demais para sua idade. Seus cabelos tingidos estão penteados como se fosse um poodle e está cheia de maquiagem. Ela deve ter um encontro.

Para no alto da escada e inclina a cabeça para ver melhor, perguntando:

— Ella, é você?

Ella para de se agitar e ergue a cabeça para olhar para minha mãe.

— Oi, senhorita Scott. Como vai?

— Oi, querida. Eu vou bem... mas há algum motivo para Micha estar carregando você dessa forma? — ela pergunta. — Você se machucou?

Ella balança a cabeça negativamente e diz:

— Não, estou bem. Micha só está dando uma de engraçadinho.

O que significa que ela secretamente gosta do que estou fazendo, mas não admite.

O segredo de Ella e Micha

— Na verdade, eu vou levá-la para passear — digo de forma maliciosa, levando minha mão até sua coxa, e ela me dá um tapa na nuca de forma brincalhona. — Vou levá-la para passear no meu carro. E você acha que eu sou o pervertido?

Minha mãe suspira, balançando a cabeça, e abre a bolsa dizendo:

— Bem, foi bom ver vocês dois juntos novamente. — Ela pega a chave do carro e ouço o barulho do salto do seu sapato batendo nos degraus da escada. — Micha sentiu muito sua falta.

— Até logo, mamãe — despeço-me dela indo para a garagem, e minha mãe entra no Cadillac estacionado na frente da casa.

— Sua mãe tem um encontro? — Ella pergunta com curiosidade.

— Ultimamente, ela tem tido vários encontros.

Abro a porta do carro e a coloco no banco do passageiro.

Ella tenta sair e diz:

— Não vou a lugar algum esta noite, Micha.

Empurro-a com delicadeza de volta para o banco e digo:

— Não vou deixá-la ficar no seu quarto, mal-humorada e com seu irmão por perto. Vamos sair e nos divertir.

Ela faz uma pausa, cruzando os braços de uma forma que seus peitos quase saem da blusa.

— Mas preciso estar aqui quando Lila voltar. Não posso deixá-la aqui com Dean e meu pai desmaiado no sofá.

— Eu dou um jeito nisso. Desvio o olhar dos seus seios, pego o celular e mando uma mensagem de texto para Ethan.

Eu: Levando Ella p o The Back Road. Quer ir c Lila ateh lah?

Ella se joga no banco e pergunta:

— O que você está aprontando?

Faço um sinal para ela e digo:

— Só um minuto.

Ethan: Sim, legal.

Eu: Lila tah a fim? Pergunta p ela. Não suponha.

Ethan: Por Lila td bem... mas Ella concorda?

Eu: Vc verá qdo chegarmos.

Ethan: Cara, ela vai ficar 1 fera.

Eu: Até +

Ponho o celular de volta no bolso do *jeans* e fecho a porta, sentando no banco do motorista.

— Para onde você está me levando? — Ela pergunta tentando parecer irritada, mas a curiosidade transparece em seus olhos.

— É surpresa.

Assim que a porta da garagem se abre, desço a rampa da entrada e digo:

— Ethan e Lila vão nos encontrar lá.

— Uma surpresa, hein? — Ela resmunga. — Não sou fã de surpresas.

Meus lábios se abrem em um sorriso.

— Você é tão mentirosa.

Ela fica em silêncio, e sei que dessa vez ganhei, o que é raro de acontecer, mas fico feliz com isso. Com um leve ruído da direção, alinho o carro na rua e giro os pneus pela noite, feliz por conseguir arrancar um minúsculo pedaço da armadura que ela veste.

Capítulo 8

Ella

Percebo que há mais problemas do que eu pensava. Logo que chegamos ao The Back Road, uma paixão arde dentro de mim. Fico mais intensa ainda quando paramos o carro no The Hitch, um antigo restaurante abandonado no final da estrada.

É o local perfeito para os rachas, pois se trata de uma reta longa escondida entre as árvores altas das montanhas. Como o céu está muito escuro, a lua parece mais brilhante. Porém, há nuvens se movimentando. Involuntariamente me encolho, pensando na noite na ponte. Havíamos corrido muito antes de eu chegar lá.

Micha recebe uma mensagem de texto quando chegamos ao fim da estrada. Ele estaciona o carro no acostamento, manobrando com cuidado por causa dos buracos. Aciona o freio de mão e verifica o celular, e sua expressão não é boa.

— O que há de errado? — pergunto. — Você está chateado?

— Não tem nada errado. Tudo está ótimo.

Ele está mentindo, mas, como pressioná-lo a dizer a verdade quando também sou mentirosa?

— Então, esta é sua surpresa?

Quero que minha cara pareça decepcionada, mas ela denota satisfação.

Micha me olha de esguelha.

— Não sorria, mocinha linda. Isso vai arruinar todo esse seu jeito de querer parecer neutra e de fingir que não dá a mínima.

Prefiro permanecer imparcial.

— Com quem você está planejando competir esta noite?

— Você quer saber contra quem vamos competir? — Ele sorri de modo sedutor na escuridão do carro. — Bem, pensei em deixar isso por sua conta.

Na frente das árvores há uma fila de carros com os faróis acesos; cada proprietário está posicionado perto da parte frontal do seu respectivo veículo. Eles formam uma multidão rude. A maioria é de homens, com exceção de Shelia, uma garota bem forte, cujos braços são mais grossos que suas pernas. Ela é a única garota que eu realmente temo.

— Bem, tem o Mikey. — Esfrego a testa com as costas da mão. — Será que ele ainda tem aquela porcaria de seis cilindros em seu Camaro?

— Com certeza. — Micha se inclina para trás no assento, observando tudo e se divertindo no escuro. — Você acha que devo desafiar aquele ali?

— É a escolha óbvia.

Não gosto do rumo que meus pensamentos estão tomando, mas não consigo deter meu instinto. Sempre fui do tipo de garota que prefere ficar com os rapazes, e, por isso, tenho muito conhecimento sobre carros. Lila é a primeira pessoa do sexo feminino de quem me torno amiga.

— No entanto — prossigo —, que tipo de vitória seria essa se você tem um carro que pode claramente enfrentar coisa melhor?

— Você acha que devo enfrentar alguém da minha própria turma?

— Se quer uma vitória que signifique muito, então... sim.

Olhamos um para o outro, como ímãs implorando para chegar mais perto. No entanto, se os ímãs estão voltados para a direção errada, o que acontece entre eles é uma forte repulsa.

O segredo de Ella e Micha

— Então, qual você escolhe, mocinha linda? — Ele coloca um braço sobre meu encosto de cabeça e seus dedos roçam meu ombro. — O azarão ou o favorito?

Há um desafio no ar, provocando-me para que esta noite eu revele meu "eu verdadeiro". Quero ceder, apenas por algumas horas, e deixar meu eu livre, sem nada ou ninguém me controlando. Quero me permitir respirar novamente, mas temo perder o controle; temo sentir tudo, inclusive minha culpa.

— Micha, acho melhor voltarmos. — Coloco o cinto de segurança. — Não estou mais a fim disso.

Ele aperta os lábios com força e sugere:

— Que tal curtirmos a noite? Só você e eu. Preciso muito disso agora.

Percebo seu humor estranho e a tristeza em seus olhos.

— Tudo bem. Mas o que há de errado? Você parece um pouco abalado. Foi uma notícia ruim naquela mensagem de texto que você recebeu?

Ele delineia o símbolo do infinito em sua tatuagem no antebraço.

— Você lembra quando fiz isso?

Distraída, toco a parte inferior das minhas costas.

— Como poderia esquecer? Tenho o mesmo desenho nas costas.

— Você lembra por que fizemos essa tatuagem?

— Não me lembro de nada daquela noite.

— Exatamente. Mas você vai se lembrar do desenho para sempre. Não importa o que aconteça, o que é totalmente irônico.

Ele mantém o dedo sobre a tatuagem, que representa a eternidade.

— Tem alguma coisa incomodando você. — Puxo a camisa bem para baixo para cobrir minha tatuagem. — Quer falar sobre isso?

Ele balança a cabeça, ainda olhando para a tatuagem.

— Não, não. Estou bem.

Para distraí-lo de seus pensamentos, aponto para a fumaça que sai de um Pontiac GTO 1970; o carro é azul com listras brancas.

— E o Benny? Será que ele ainda tem o 455?

Os olhos de Micha mudam para um aspecto sombrio.

— Você acha que devemos enfrentar o favorito?

— Acho que você deve enfrentar o cachorrão — esclareço. — Quero ver você acabar com ele.

Sua expressão fica ainda mais séria.

— Está certo. Mas só vou competir se você ficar comigo no carro. É a tradição.

Um desejo surge dentro de mim.

— Tudo bem, eu vou com você, desde que faça uma coisa por mim, certo?

— É só pedir — ele responde sem pestanejar.

Meu desejo me impele para mais perto dele. Escoro os cotovelos no painel; meus braços estão tremendo. Ele não se move; está congelado como uma estátua quando coloco meus lábios perto da orelha dele.

— Ganhe!

Respiro e aproximo meu corpo do dele espontaneamente, antes de sentar novamente no banco.

Seu rosto é indecifrável, sua respiração ardente, seu olhar implacável.

— Tudo bem! Vamos vencer esse confronto.

Saímos do carro e caminhamos pela estrada de terra batida em direção à fila de carros e seus proprietários. Protejo os olhos dos faróis e cubro o peito com um braço, sabendo que todos vão zoar da minha cara ao perceber como estou vestida.

Micha me abraça de forma protetora.

— Relaxe. Estou aqui, meu bem.

— Então, o que temos aqui?

Mikey, o dono do Camaro, caminha em nossa direção. Seus cabelos são pretos, o nariz torto, e uma tatuagem com o desenho de arame farpado cerca todo seu pescoço grosso.

— Ah, a dupla infame está de volta para levar outra surra! Reviro os olhos.

— Você nos venceu uma vez. E isso só aconteceu por uma ironia do destino, um pneu furado.

Seu rosto se contrai quando ele nota minha blusa sem manga e meus cabelos ondulados.

— Que diabos aconteceu com você?

Chandra, sua namorada, dá uma risada. O vestido dela é tão apertado que suas curvas ficam totalmente marcadas; quanto aos sapatos, são tão altos que ela praticamente fica da minha altura.

— Nossa, ela parece uma espécie de princesinha ou algo assim.

Micha aperta meu ombro, tentando me manter calma.

— Então, quem começa? Ninguém decidiu?

Ao observar o Chevelle de Micha, os olhos de Mikey deixam transparecer um claro nervosismo.

— Você acha que pode vir aqui e competir após ficar sem participar por quase um ano?

— Um ano? — pergunto a Micha.

Micha dá de ombros.

— Droga! Você havia ido embora. Por que eu iria competir?

— Você precisa seguir em frente sem... — Fico quieta. Mikey vai usar tudo que eu disser contra Micha. Preciso escolher melhor minhas palavras. — Queremos correr contra Benny.

A risada de Mikey ecoa pela noite.

— Você e qual exército?

Aponto para o Chevelle de Micha, estacionado perto da estrada.

— Aquilo ali é um exército.

Mikey balança a cabeça e começa a dizer um monte de besteiras:

— Essa coisa não tem a menor chance contra o GTO. Não percam tempo. Vão embora e só voltem quando tiverem um carro melhor.

Ele está testando meu controle. E muito.

— Melhor que o seu? — retruco olhando fixamente para a cara de Mikey. — Porque essa coisa aí é só aparência, não corre nada!

Micha segura meus ombros e me faz recuar um pouco. Percebo um tom zombeteiro em sua voz.

— Calma aí. Vamos tentar não dar uma de durões na noite de hoje, tudo bem?

Benny desce do capô do carro, joga o cigarro no chão e deixa os amigos para se juntar a nós.

— O que foi? Ouvi alguém dizer que quer competir contra mim?

Benny é o tipo de cara que todos respeitam porque morrem de medo dele. Quando era um calouro na escola, entrou em uma briga contra um cara com o dobro do seu tamanho, e deu uma baita surra nele. Ninguém sabe o que motivou a briga, mas aquilo foi o suficiente para que todos ficassem precavidos contra Benny.

Mikey aponta nitidamente para mim e diz:

— A princesa aqui quer desafiar você para um racha contra aquela coisa ali.

O segredo de Ella e Micha

Benny dá uma olhada no Chevelle ao levantar a cabeça raspada e cruzar os braços musculosos.

— Micha, aquele não é seu carro?

Micha acaricia minhas costas e pisca para mim.

— Sim, e aparentemente ela é minha porta-voz.

Benny pensa por um momento, e então se vira para Mikey, que está olhando fixamente para mim.

— Não vejo nenhum problema. Não há por que eu não enfrentar Micha. Na verdade, esse desafio pode ser interessante.

Benny dá um tapão nas costas de Mikey; depois, dá um soco no punho de Micha.

— Obrigado, cara! — Micha diz com um aceno de cabeça respeitoso. —Vamos ser os primeiros?

Benny faz que sim com a cabeça e olha para a estrada, pensativo.

— Sim, cara, vamos nessa.

Eles conversam um pouco mais sobre as regras, enquanto Mikey continua me olhando como se fosse um cão raivoso. Depois da conversa, Micha e eu voltamos para o carro, enquanto os demais se espalham na direção da linha de partida, localizada bem na frente do The Hitch.

— Então, qual é seu plano? — pergunto. — Porque não vai ser fácil vencê-lo.

— Você é meu plano. — Ele abre a porta do passageiro para mim. — Com você no carro, não há como eu não vencer, pois você nunca iria permitir uma derrota.

Enfiando a cabeça para dentro do carro, caio no banco e depois olho para ele.

— Não vou fazer seu carro ir mais rápido.

Ele sorri, batendo a porta.

— Claro que vai.

Micha desliza pelo capô e senta no banco do motorista.

— Você é um exibido — digo.

Ele liga o motor, que acorda com um trovejar alucinante.

— É como o roto falando do esfarrapado.

Ajeito-me no banco e cruzo os braços.

— Posso ter sido um monte de coisas, mas nunca fui exibida.

Ele coloca um dos dedos embaixo do meu queixo e posiciona minha cabeça em sua direção.

— Na festa de formatura de Taylor Crepner, dois anos atrás. Você estava em pé no telhado, com uma prancha de *snowboard* amarrada aos pés, dizendo a todos que conseguiria saltar facilmente. Acredito que aquilo pode ser considerado exibicionismo, não é mesmo?

Faço cara de inocente.

— Mas eu consegui saltar, não foi?

— Sim, mas não sem quebrar o braço — ele diz. — E isso não vem ao caso.

— Você está certo — admito, tocando a pequena cicatriz no meu braço, onde o osso quebrou e rasgou a pele. — Eu estava me exibindo, e você teve que me levar para o hospital. Depois, ficou sentado na sala de espera enquanto eu era operada.

Seu dedo traça uma linha no meu pescoço e desce até meu peito.

— Fiquei esperando porque quis.

— Mas você perdeu uma apresentação por minha causa.

— Isso não faz diferença, nunca fez.

De forma involuntária, meu olhar recai sobre seus lábios. Subitamente, quero beijá-lo, como fiz naquela noite na ponte. Isso me deixa desconfortável, porque o sentimento me domina. Recuo lentamente, colocando uma distância entre nós. Percebendo minha mudança de atitude, ele acelera o motor e gira os pneus, levando o carro até a largada.

Ele me lança um olhar complacente, arqueando a sobrancelha.

— Veja, isso é se exibir.

Balançando a cabeça, contenho um sorriso. Benny alinha a frente de seu GTO com a do Chevelle de Micha, e sua namorada se posiciona entre os dois carros. Ela está usando calça *jeans* e uma camiseta curta que deixa a barriga à mostra. Com um movimento, tira o cabelo escuro dos ombros, e, em seguida, levanta as mãos acima da cabeça. As pessoas se alinham ao longo da estrada, observando e apostando no vencedor.

Vejo Ethan e Lila conversando sobre alguma coisa, e Lila está usando o famoso truque do cabelo para flertar com ele.

— Quando eles chegaram aqui?

Micha me ignora, encarando Benny pela janela aberta.

— Ida e volta?

Um dos braços de Benny descansa casualmente sobre o volante.

— É isso aí, cara. O primeiro a voltar é o vencedor.

Seus olhares se afastam um do outro. Benny acena para a namorada e ela responde com a cabeça.

— Em suas marcas. Preparar. Largar!

Suas mãos abaixam rapidamente cortando o ar. Um rastro de poeira nos encobre à medida que largamos em disparada. As árvores à beira da estrada parecem apenas manchas, e o céu, uma enorme camada de estrelas. Fico calada enquanto Micha conduz o carro, mas algo dentro de mim desperta de um sono muito profundo.

Benny sai na frente e faz um desvio acentuado bem na nossa frente. As lanternas vermelhas nos deixam cegos na noite, e o escapamento libera nuvens finas de fumaça. Micha acelera, avançando a extremidade dianteira do carro junto à traseira do GTO.

Assim que nos aproximamos do fim da estrada, Benny está bem à frente, mas nem tudo está perdido. Micha sabe como virar o carro sem diminuir a velocidade. Chega a ser assustador, mas sempre funciona. Além disso, o longo GTO de Benny não tem muita potência.

Chegamos ao final, e eu deveria estar apavorada. A estrada termina em uma caída íngreme e rochosa, e o espaço para virar é estreito; mas eu nunca fiquei com medo, nem mesmo agora. Imagino que não possamos mudar o que já está no sangue.

O GTO começa a virar para o lado à medida que Benny gira o volante. Micha desvia para o lado, dando a volta nele, e dispara pelo espaço aberto entre o carro e as árvores. Seguro a alça acima da cabeça, ouço o barulho dos freios e posiciono meus pés em cima do painel. É como estar em uma montanha-russa totalmente chapada. Tudo gira — as árvores, o céu, Micha. Por um segundo, fecho os olhos e sinto como se estivesse voando. Retorno àquela noite na ponte. "Ela disse que podia voar."

O carro endireita e Micha pisa fundo no acelerador. Como imaginei, Benny não consegue endireitar o carro. Enquanto aceleramos pela estrada novamente, permanece a uma pequena distância atrás de nós. Micha pisa na embreagem e troca de marcha, aumentando ainda mais a velocidade.

A longa extremidade dianteira do GTO se materializa próxima a minha janela e Micha acelera ao máximo, lançando um olhar que me impede de reclamar.

E eu não reclamo.

Na linha de chegada, as pessoas fogem para os lados, em pânico com nossa velocidade perigosa. Não está claro quem é o vencedor, ou quem será capaz de parar o carro a tempo, antes de se chocar contra o The Hitch. Os freios emitem um som agudo, e a poeira do chão invade as janelas. Meu corpo

O segredo de Ella e Micha

é lançado para frente com a freada abrupta do carro, e acabo batendo a cabeça no painel.

Micha consegue recuperar o controle do volante e parar o carro. E a poeira desaparece lentamente. Micha e eu olhamos para fora do para-brisa, respirando com dificuldade; nossos olhos tão grandes como bolas de golfe. O para-choque dianteiro do Chevelle está a um palmo de distância de uma árvore muito grande.

— Caraca! — Micha sussurra, e depois olha para mim assustado. — Você está bem?

Tiro as mãos do painel, sentindo a respiração ofegante. Esfregando o galo na cabeça, olho para Micha. Há uma estranha calma dentro de mim, e um dos meus piores medos se torna uma realidade: sou viciada em adrenalina. Simples assim. E acredito que sempre fui. Mas nunca admiti.

Perco o controle.

Ao inclinar-me em direção a Micha, meu coração começa a saltar dentro do peito. Meus olhos se fecham e meus lábios vão de encontro aos dele, suavemente sentindo seu sabor. Sacio brevemente minha fome e recuo, permitindo que meus olhos se abram. Micha me observa, seus olhos se enchem de azul como as profundezas de um oceano escondido. Uma de suas mãos vem por trás da minha cabeça, forçando meus lábios de volta aos seus.

Algo acontece dentro de mim. Com um movimento rápido e minha própria ajuda, Micha consegue me levantar sobre o painel, posicionando-me direto em seu colo, e eu envolvo seu pescoço com meus braços. Suas mãos tocam minhas coxas e deslizam por debaixo da saia, até alcançarem minha pele nua. Perco a respiração com a intimidade do seu toque. Ninguém nunca me tocou assim antes sem que eu fugisse. Normalmente,

117

estar tão perto de alguém faz com que eu seja tomada por sentimentos de dúvida, pânico, desconfiança e estranheza.

Minhas pernas ficam tensas e Micha recua por um momento.

— Não tenha medo, mocinha linda — ele sussurra, como se pudesse ler meus pensamentos. — Confie em mim, está bem? Não tenha medo.

Ele espera até que eu sinalize com a cabeça, e depois me beija, mantendo as mãos debaixo da minha saia. Inclino meu corpo em direção ao dele, pressionando meu peito contra o dele, e meus mamilos se arrepiam. Sua língua acaricia sensualmente a minha, passando pela boca e pelos lábios. Meu corpo começa a se encher de desejo.

Micha afasta sua boca e minhas pernas tremem em objeção. Ele traça um caminho de beijos passando por meu queixo e pescoço, e termina no peito, onde os seios fazem uma curva para fora da camiseta. Isso envia uma corrente de choque por todo meu corpo; minhas pernas apertam sua cintura de forma incontrolável, meus joelhos pressionam seus flancos.

Ele deixa escapar um gemido lento e profundo, e depois desliza uma das mãos ainda mais profundamente para debaixo da saia. Posso senti-lo pressionando entre as minhas pernas, e isso me deixa assustada, mas não o suficiente para pedir que pare. É como se toda a tensão sexual da qual sempre fugi se libertasse de uma só vez. Meus dedos alcançam a parte inferior de sua camiseta e acariciam o contorno de seus músculos magros. Não sei quando parar ou como religar o sinal vermelho. Minha mente está a mil. Tento agarrar seus ombros, preciso recuperar o controle.

Alguém bate no vidro da janela.

— Vocês estão se divertindo?

Pulo para trás, e minhas bochechas começam a esquentar quando vejo Ethan e Lila na janela. Vestindo camiseta preta e calça *jeans*, Ethan se mescla com a noite, mas seu sorriso insinuante e sinistro incandesce. Lila está com os olhos arregalados e a boca aberta. Micha não faz nada para contornar a situação. Enquanto me olha com olhos misteriosos, parecendo estar muito satisfeito consigo mesmo, deixa escapar um sorriso preguiçoso pelo rosto.

Toda aquela adrenalina que eu sentia desaparece, deixando uma sensação de dormência em seu lugar. Endireito minha saia e meu cabelo antes de sair. Caminho calmamente até a traseira do carro e me junto a Ethan e Lila.

— Então, quem ganhou o racha? — pergunto alisando a última ruga da minha saia.

Ethan sorri para mim.

— É nisso que você está realmente pensando agora?

Olho para ele fixamente.

— No que mais estaria pensando?

Micha pula para fora do carro, esticando as pernas compridas.

— Ganhamos, tenho certeza — diz pegando minha mão como se fosse a coisa mais natural do mundo. — Mas aposto que ainda estão discutindo a respeito.

Ethan acena com a cabeça concordando e toma um gole de refrigerante.

— Sim, todos que apostaram em você insistem que você ganhou, e o mesmo se aplica a Benny.

Micha entrelaça nossos dedos e diz:

— Então, é a mesma ladainha de sempre.

— Você sabe como são essas coisas. — Ethan dá um tapinha no ombro de Micha em solidariedade. — Eles nunca vão chegar a uma decisão.

Minha mão está transpirando. Ele abriu meu coração, e minha mente está sendo bombardeada com milhões de pensamentos. Não posso fazer isso com ele. Não posso magoá-lo. De alguma forma, preciso estabelecer um limite.

— Vamos embora — Micha diz para mim. — Não vamos dar a eles o gosto de uma discussão.

— Você quer simplesmente ir embora? — pergunto. — Em uma saída triunfal?

Micha sorri e aperta minha mão.

— Seria uma demonstração.

— De que, exatamente?

— De que não damos a mínima.

Deixo escapar um suspiro e concordo com a cabeça.

— Acho uma ótima ideia.

— Vamos nos encontrar em casa? — ele pergunta a Ethan. — Tenho certeza de que vamos precisar fazer uns ajustes na Fera depois desta noite.

Lila torce o nariz e estoura uma bola de chiclete.

— Fera? Será que quero saber o que isso significa?

Micha fecha a porta do carro com a mão livre.

— Sim, dei um nome a ele. Da mesma forma que você chama o seu de "Bebê".

Lila ri.

— Ah, entendi. Embora goste mais do meu.

Micha passa o polegar ao longo da palma da minha mão e pergunta:

— Você está pronta para ir? Ou prefere comprar uma briga com alguém antes?

Jogo um olhar de pânico para cima de Lila, que franze as sobrancelhas.

— Talvez Lila e eu devêssemos voltar no mesmo carro. Não ficamos juntas hoje.

— Passamos os últimos oito meses juntas — ela responde. — Acho que ficaremos bem separadas por algumas horas.

O segredo de Ella e Micha

— Vou cuidar dela. — Ethan atira a garrafa vazia de refrigerante para o outro lado do estacionamento e ela cai em cima de sua caminhonete. — Vou cuidar muito bem dela.

Lila deixa seus cabelos loiros caírem sobre o rosto para esconder o rubor. Nunca a vi corar assim. O que será que os dois andaram fazendo esta noite?

Micha balança a cabeça para Ethan.

— Seja um bom menino.

Ethan revira os olhos, e depois sai com Lila em direção à caminhonete. Micha e eu entramos no carro, e me preparo para fazer um discurso.

Micha aperta os olhos e levanta as mãos.

— Nem precisa dizer. Vamos esquecer o que aconteceu por hoje. Por favor. Preciso pensar um pouco.

A dor em sua voz me faz ficar em silêncio. Abrindo os olhos, ele liga o carro e segue pela rua. Micha acena para Benny quando passamos, e inúmeros olhos nos seguem. Então, a escuridão toma conta quando pegamos a rua principal, e os faróis iluminam a noite como um túnel que leva ao desconhecido.

Capítulo 9

Micha

Dormi na minha própria cama semana passada. Mesmo assim, meu corpo deseja intensamente subir na árvore para alcançar a janela de Ella, que tem me evitado desde que nos beijamos no meu carro. Imagino que precise de um tempo para pensar; talvez se sinta pressionada.

Ella sempre teve problemas com intimidade, sempre se afastou das pessoas, inclusive de mim se eu tentasse passar de certo limite. Na verdade, tive muito trabalho para ficar seu amigo. Sempre fomos vizinhos, mas precisei suborná-la com uma caixa de suco e um carrinho de brinquedo para que ela me deixasse pular a cerca do quintal.

Mas valeu a pena. Quinze anos depois, continuamos amigos. Não consigo imaginar minha vida sem ela, algo que finalmente compreendi naquela noite, quando a encontrei na ponte. Mesmo sabendo que não iria pular, vê-la naquele parapeito me fez perceber o quanto a quero, e que preciso dela na minha vida para sempre. Ela vive me desafiando, me afasta e me irrita, mas eu jamais gostaria que fosse de outra forma.

Já é final de tarde quando acordo. Piscando contra o sol brilhante, arrasto-me para fora da cama e visto uma velha camiseta e *jeans*. Ethan e eu ainda estamos trabalhando para consertar a junta de vedação do motor do meu carro, então, envio-lhe uma mensagem de texto dizendo que já estou pronto para irmos. Vou para a cozinha e bebo suco de laranja direto da embalagem.

O segredo de Ella e Micha

Minha mãe aparece penteando o cabelo e me repreende:

— Micha Scott, quantas vezes já disse para não fazer isso? — Ela arranca o suco da minha mão e o devolve à geladeira.

Limpo o suco do meu queixo.

— Acho que isso se chama audição seletiva.

Ela fecha os botões do casaco, vestida para ir trabalhar como secretária em uma concessionária. Ela também tem um emprego noturno, como recepcionista de um café.

— Sempre bancando o espertinho, não é? — Ela mostra um sutiã vermelho e rendado. — Eu sei que nem sempre sou uma mãe das mais legais, mas encontrar um sutiã na minha cama é o fim da picada.

— Isso é seu? — Pego uma caixa de cereais do armário.

Ela faz uma cara feia e joga o sutiã na lixeira.

— Tenho muito mais classe.

Lembrando-me do seu vestido barato da outra noite, não consigo me controlar e começo a rir.

— Para mim, isso é novidade.

Ela dá um tapinha na minha cabeça e eu, sorrindo, esfrego o local como se estivesse doendo.

— Se quer saber, tive um encontro naquela noite com um cara muito legal, mas, como ele é um pouco mais jovem que eu, tentei causar uma boa primeira impressão.

— Ah, então é por isso que você estava usando aquele vestido vulgar? — Pego um punhado de cereais da caixa e encho a boca. — Estava pensando nisso...

— Não fiquei tão mal assim. — Ela protesta pegando suas chaves do gancho na parede. — Ou fiquei?

Odeio quando ela faz esse tipo de pergunta; nunca sei como responder. Encolho os ombros e guardo o cereal no armário.

Ela aproveita e pega uma barra de granola.

123

— Então, Ella voltou para sempre, é isso?

Mastigo o cereal lentamente.

— Não exatamente, só até o fim do verão.

Ela espera até que eu termine de falar.

— Vai me dizer onde ela passou os últimos oito ou nove meses?

— Na universidade — respondo. — Em Las Vegas.

— Uau, estou realmente impressionada com essa resposta. — Ela abre a embalagem da barra de granola. — Bom para ela.

Franzo a testa.

— Por quê? Porque ela abandonou todo mundo?

— Não estou dizendo que o que ela fez foi certo. Mas é bom que ela esteja dando um rumo na vida.

— Eu disse que tenho planos. Só preciso descobrir uma maneira de colocá-los em prática.

Ela suspira e dá mais um tapinha na minha cabeça, como se eu ainda fosse criança.

— Fico preocupada, pois você passa muito tempo atrás dela. Tem que perceber que talvez ela não queira companhia, querido. Confie em mim. Tive que aprender isso com seu pai. — Ela coloca a bolsa no ombro e bate as unhas na bancada, como se fosse uma espécie de tambor. — Micha, você pensou no que eu disse na outra noite?

— Você se refere àquele texto sem sentido que me enviou?

Sem ânimo, ela suspira.

— Desculpe se dei a notícia assim. Estava entalada na minha garganta há um tempo e eu não conseguia imaginar como ia falar aquilo. Entrei em pânico. — Ela fica envergonhada. — Sou uma péssima mãe, não é mesmo?

Balanço a cabeça e dou-lhe um abraço, porque sinto que ela precisa de carinho.

O segredo de Ella e Micha

— Não saber dar uma notícia não quer dizer que você seja uma péssima mãe. Sempre tive um teto para me abrigar e comida no prato.

Ela me abraça.

— Sim, mas às vezes parece que eu deveria ter passado mais tempo com você. Ou seja, as outras mães dão mais aos filhos do que aquilo que eu dou.

Meus olhos vagueiam sobre a cabeça dela até a janela. A casa de Ella fica logo ali; parece caindo aos pedaços e velha.

— Nem todas as mães. Na verdade, algumas não conseguem ajudar os filhos.

Ela recua um pouco, enxugando os olhos com a mão.

— Você vai ligar para ele?

Olho o número do meu pai pregado na parede ao lado do telefone.

— Ainda não decidi.

Ela passa os dedos levemente sob os olhos, tentando arrumar a maquiagem.

— Peço apenas que considere sua perspectiva e a dele também. Sei que ele está fora da sua vida, mas parecia sincero quando ligou. Acho que realmente quer ver você.

Forço um sorriso.

— Tudo bem. Vou pensar.

Meu pai caiu fora quando eu tinha seis anos; desde então, não temos notícias dele. Minha mãe foi procurá-lo logo depois que ele saiu de casa, mas voltou dizendo que não conseguiu encontrá-lo. Sempre me perguntei se ela o teria encontrado e decidido não me contar a verdade.

Minha mãe sai de casa e relaxo no sofá, colocando os pés na mesa enquanto espero que Ethan apareça. Estou navegando pelos canais de tevê quando o telefone de casa toca.

— Alô.

— Hum... é Micha? — a voz responde com uma pergunta.

— Sim... por quê? Quem está falando?

Há uma longa pausa. Será que o esquisitão desistiu?

— Alô. Ainda está aí? — pergunto, já ficando irritado.

— Sim — ele pigarreia e diz: — É seu pai.

Quase deixo o maldito telefone cair.

— Micha, é você, não é?

Ele parece velho e formal; isso me irrita demais.

— Sim, sou eu — digo com os dentes cerrados.

— Sei que sua mãe ia pedir para você me ligar, mas há algo que preciso lhe falar — diz ele. — E isso não pode esperar.

Considero seu pedido.

— Há quase quatorze anos estou esperando para falar com você. Acho que pode esperar um pouco mais.

Então, bato o telefone e dou um murro na parede. Parte do reboco desaba sobre a bancada; o gancho onde as chaves estão penduradas cai no chão.

— Dane-se!

Jogo-me no chão, torcendo para que ninguém entre e me veja assim, com a alma estraçalhada.

Especialmente Ella.

Capítulo 10

Ella

Lembro-me da primeira vez que tive vontade de beijar Micha. Lembro-me disso com tanta clareza quanto do dia em que encontrei minha mãe morta. As duas situações foram igualmente aterrorizantes, porém, de maneiras diferentes.

Micha e eu estávamos sentados no capô do seu carro, no nosso local secreto, escondidos entre as árvores, olhando para o lago. Foi muito difícil encontrar aquele local novamente, mas a vista maravilhosa e a serenidade fizeram valer a pena.

As coisas esfriaram entre nós por um tempo, o que era normal, exceto pelo ciúme que me remoía da última ficante dele, Cassandra. Nunca havia me sentido assim antes, e isso me deixou surpresa. Micha não a considerava especial, mas contou a Ethan que ela tinha potencial para ser uma ótima namorada, e isso estava me incomodando.

Os braços de Micha descansavam dobrados sob sua cabeça, e seus olhos estavam fechados enquanto a luz do sol caía sobre ele. Sua camisa havia levantado um pouco, mostrando uma tatuagem. Enquanto a contemplava, a vontade de correr meus dedos ao longo dela me deixava louca.

— Não gosto de Cassandra — esbravejei de repente, sentando-me depressa.

Micha franziu as sobrancelhas e, devido ao sol, abriu os olhos aos poucos.

— Hein?

— Essa garota, a tal Cassandra... Você falou sobre ela outro dia — eu disse olhando para a água que formava pequenas ondas devido à brisa suave. — Acho que você não deveria sair com ela.

Ele se levantou um pouco e ficou apoiado nos cotovelos.

— Só porque você não gosta dela?

— Não... — Coloquei alguns fios do meu cabelo para trás, pois estavam perturbando meus olhos. — Eu só não quero que você saia com ela.

O vento preencheu o silêncio. Micha sentou-se e passou um braço em volta do meu ombro.

— Tudo bem, então não saio mais com ela — disse ele como se fosse algo tão simples quanto respirar.

Sorri discretamente, sem realmente entender por que me sentia tão feliz. Micha se deitou e me puxou para junto dele. Descansei minha cabeça em seu peito e escutei seu batimento cardíaco, firme como uma rocha, ao contrário do meu, que estava dançando dentro do meu peito.

Quanto mais tempo eu ficava em seus braços, mais o contentamento me invadia. Sentia-me segura, como se nada pudesse me machucar. No entanto, eu negava completamente que estava começando a me apaixonar pelo meu melhor amigo.

***

Faz uma semana desde a corrida de carros, e ando escondida no meu quarto, comendo macarrão com queijo e tomando refrigerante *diet*. Dean ainda não foi para casa, mas Lila sim. Logo na manhã após a corrida. Ela queria ficar, mas eu não queria, e acho que o pai dela também não estava muito entusiasmado com a ideia.

Assim, tenho me sentido meio solitária.

Ainda não ouvi a mensagem de voz deixada por Micha, e as cenas que teimam em vir à minha mente me atormentam.

O segredo de Ella e Micha

Decido passar o dia fora de casa e fazer algo que já venho planejando há algum tempo. Quero desenhar o túmulo da minha mãe, porque nem sempre vou estar por perto para visitá-lo. Isso me incomodou nos últimos oito meses em que estive fora. Sinto-me culpada, porque fui eu quem a colocou lá e depois a abandonei.

Pego meu bloco de desenho e vários lápis da gaveta. Calço os sapatos, pego os óculos de sol, e logo estou na porta principal de casa, onde há menos probabilidade de encontrar Micha. O dia está quente e o céu azul brilha com a luz do sol. Ando pela calçada em direção a Cherry Hill e decido fazer uma parada rápida na casa de Grady.

Bato à porta do *trailer* e Amy, a enfermeira, atende, usando uniforme azul:

— Oi, Ella, querida! Acho que Grady não está animado para receber visitas hoje.

— Mas ele me disse para dar uma passada — digo com estupidez. — Sei que é um pouco mais tarde do que eu disse. Sinto muito mesmo.

— Ele não está com raiva de você, Ella — diz Amy gentilmente. — É que está tomando oxigênio e tossindo muito.

Protejo os olhos do sol e olho para ela.

— Ele está bem?

Ela suspira encostada no batente da porta.

— O dia de hoje não está sendo fácil para ele. Que tal você voltar outro dia, meu bem?

Concordo com a cabeça e desço os degraus enquanto ela fecha a porta. Sem saber como agir, fico olhando fixamente para a janela de trás, que leva ao quarto de Grady. Ele está doente e não há nada que eu possa fazer. Não tenho como ajudar nessa situação. Micha estava certo. Não posso controlar tudo.

Nesse momento, imagens horríveis da morte da minha mãe invadem minha mente. Fico mal e corro para um local onde há mato para eu vomitar.

***

O cemitério da cidade está localizado no topo de um morro, o Cherry Hill, o que requer um esforço e tanto para quem, como eu, vai a pé. Mas é bom sair do lugar-comum, dessa história de pegar o carro para tudo. Não há ninguém lá em cima; raramente há. Empurro o portão e localizo a árvore bem na frente da lápide da minha mãe. É um cemitério pequeno, cercado por árvores, e a grama está coberta de folhas secas.

Quando traço as linhas da cerca e das trepadeiras que se enrolam nela, faço uma linha descendente e desenho a curva de sua lápide. Perco-me nos movimentos, acrescentando asas ao lado da lápide, pois o ato de voar sempre exerceu grande fascínio nela.

Algumas semanas antes de morrer, ela me pediu para fazermos uma caminhada. Concordei, apesar de ter outros planos para aquele dia. Fazia sol e o ar cheirava a grama cortada. Senti que nada poderia dar errado.

Como ela queria ir até a ponte, cruzamos a cidade inteira até o lago. Quando chegamos lá, ela subiu na grade e estendeu as mãos para se equilibrar; seus longos cabelos castanhos se agitavam ao vento.

— Mãe, o que você está fazendo? — perguntei, estendendo a mão para segurar a parte de trás da blusa que ela vestia, e assim, puxá-la de volta.

Ela se esquivou para ficar fora do meu alcance e olhou para a água abaixo.

O segredo de Ella e Micha

— Ella May, acho que consigo voar.

— Mãe, pare e desça daí — eu disse, não a levando muito a sério a princípio.

Mas quando ela virou a cabeça e me encarou, pude ver, no fundo dos seus olhos, que não estava brincando. Ela realmente acreditava que pudesse voar.

Tentei ficar o mais serena possível.

— Mãe, por favor, desça. Você está me assustando.

Ela balançou a cabeça e suas pernas tremeram um pouco.

— Está tudo bem, meu anjo. Vou ficar ótima. E é verdade, sinto, no meu corpo, que posso voar.

Com toda a cautela, dei um passo em sua direção e meu pé bateu no meio-fio da ponte. O cimento esfolou um dos dedos do meu pé, deixando-o em carne viva; senti o sangue escorrer, mas não dei atenção. Estava apavorada e não conseguia tirar os olhos dela.

— Mãe, você não pode voar. As pessoas não podem voar.

— Então, talvez eu seja um pássaro — ela disse, séria. — Talvez eu tenha asas e penas; talvez elas possam me levar para longe e, assim, vou me unir ao vento.

— Você não é um pássaro! — gritei e puxei-a, mas ela pulou para uma das vigas e riu como se fosse uma brincadeira.

Quase arranquei meus cabelos de susto e segurei-me na grade. Era uma queda grande, do tipo que esmagaria nosso corpo com o impacto, mesmo que fosse na água. Escorei minhas mãos sobre as vigas acima da minha cabeça.

— Mãe, se você me ama, desça daí, por favor!

Ela balançou a cabeça negativamente e disse:

— Hoje não. Hoje vou voar.

Um caminhão chegou e parou no meio da ponte, enquanto eu avançava na direção de minha mãe. Ethan saltou e hesitou quando percebeu a situação.

— Ei, sra. Daniels! Tudo tranquilo?

Fiquei boquiaberta e sussurrei:

— O que você está fazendo?

Ele me ignorou.

— Não sei se a senhora sabe, mas não é seguro ficar aí.

Minha mãe inclinou a cabeça para o lado.

— Pois eu acho que vou ficar bem. Minhas asas vão me levar embora.

Eu estava aflita, mas Ethan não perdeu o embalo. Apoiou os braços na grade.

— Por mais que isso pareça verdade, e se não for? E aí, como é que a senhora fica? Pergunto, vale mesmo a pena correr o risco?

Voltei os olhos para ela, que parecia estar avaliando as opções. Olhou para a água escura lá embaixo; e depois para o céu brilhante, lá em cima.

— Talvez seja melhor eu pensar um pouco a respeito.

Ethan assentiu.

— Pensar a respeito é uma boa ideia.

Ela andou pela viga e colocou os pés na grade. Ethan ajudou-a a descer e nós a levamos para o assento traseiro do caminhão. Ela adormeceu em poucos minutos e eu reclinei minha cabeça no encosto do assento.

— Como você fez isso? — perguntei em voz baixa.

— Um dos meus amigos, certa noite, teve uma ideia semelhante, e tive que convencê-lo a descer do telhado. No caso da sua mãe, fiz o mesmo, ou seja, fiz com que ela considerasse a possibilidade de um resultado negativo.

Balancei a cabeça e ficamos quietos durante todo o caminho de volta para casa. Ethan nunca voltou ao assunto, nem passou a me tratar de maneira diferente, e fiquei grata por isso.

O segredo de Ella e Micha

Após a visita de um médico, foi diagnosticado que minha mãe havia começado a sofrer de ilusões de grandeza, o que às vezes acontece com pacientes bipolares.

Por fim, afasto-me do desenho, pois a escuridão da noite se aproxima rapidamente. Pego o bloco de desenho e os lápis e desço o morro. Em frente ao arco de ferro da entrada, encontro Micha, sentado no capô do carro de sua mãe, vestindo *jeans* e uma camisa xadrez preta e vermelha. Sua cabeça está abaixada e alguns fios de seus cabelos loiros cobrem-lhe a testa enquanto ele parece fazer alguma coisa em seu celular.

Paro a uma pequena distância.

— O que você está fazendo aqui?

Ele tira os olhos do celular.

— Esperando você.

— Como sabia que eu estava aqui?

— Vi quando você saiu com o bloco de desenho e pegou esse caminho. Aí, decidi vir para cá, para saber se você está bem.

Dou um passo titubeante à frente.

— Há quanto tempo está sentado aqui?

Ele desliza do capô e afasta o celular.

— Já faz um tempo, mas não queria perturbá-la. Você parecia muito calma.

Pressiono meus lábios e olho para ele, desejando desenhá-lo como eu costumava fazer. Ele se sentava na minha cama e parecia ser dono da minha mão.

— Olha, sobre a outra noite, acho que...

Micha caminha pela grama em minha direção, movendo-se tão impulsivamente que não há tempo para reagir quando ele, com o dedo, cobre meus lábios.

— Relaxe por um momento, está bem?

Sem saber exatamente o que ele quer, assinto com a cabeça de qualquer modo.

Ele deixa o dedo cair de meus lábios e traça uma linha imaginária, passando por meu peito e finalmente terminando logo abaixo do meu estômago.

— Quer uma carona para casa? — Sua voz soa meio dissonante.

Olho para o céu cinzento, entrecortado pelos voos de vários pássaros, e aceito.

— Adoraria. Obrigada.

Micha

Ela está preocupada durante o percurso; eu também. Fiquei tão louco com meu pai que entrei no carro pensando, no impulso, em cometer uma besteira. Mas foi então que vi Ella vagando pela rua, e a segui. Ela andava de um jeito muito divertido. Seus cabelos ruivos sopravam ao vento, e ela balançava os quadris naquele *shortinho jeans*. Fiquei calmo ao vê-la subindo o morro para desenhar, mas não consigo parar de pensar na conversa ao telefone.

— Que tal se formos a um lugar diferente? — Sugiro quando pegamos a estrada principal.

Ella balança no assento e se afasta da janela.

— É melhor eu ir para casa.

— Ei, pense melhor! — Faço uma cara de descontentamento, esperando convencê-la. — Vamos a um lugar onde possamos relaxar. Só isso.

Ela está tentada.

— Onde exatamente?

Abaixo o volume da música e apoio o braço no volante.

— Para nosso lugar junto ao lago.

O segredo de Ella e Micha

— Mas é uma eternidade até chegarmos lá. — Seus olhos examinam o céu escuro. — E já está ficando tarde.

— Desde quando você tem medo do escuro?

— Não é do escuro que tenho medo.

Suspiro e hesito por um segundo.

— Vamos lá, só nós dois. Nem precisamos conversar. Podemos apenas sentar em silêncio.

— Tudo bem. — Ela se rende, jogando o bloco de desenho no banco de trás. — Contanto que você não me faça perguntas.

Levanto a mão com total inocência.

— Palavra de escoteiro. Nada de perguntas.

Os olhos dela se estreitam.

— Sei que você nunca foi escoteiro.

Solto uma risada, sentindo a pressão aliviar no meu peito.

— Isso não importa. Já prometi que não vou fazer perguntas, mas, em relação ao resto, todas as promessas estão canceladas.

Ela finge uma coceira no nariz, mas, na verdade, quer esconder o sorriso; e isso também me faz sorrir.

***

Já está escuro quando chegamos ao nosso lugar secreto, junto à costa, isolado por árvores altas. A lua reflete na água e o ar da noite está um pouco frio. Pego meu casaco do porta-malas e o ofereço a Ella ao perceber que está sentindo a temperatura, pois seus braços e mamilos estão arrepiados.

Ela veste o casaco e fecha o zíper, cobrindo os mamilos. Suspiro, subo no capô e abro os braços para que ela se junte a mim. Hesitante, ela sobe no capô, mas permanece na frente, com os pés apoiados no para-choque, observando a água.

Deslizo até ela e mantenho meus joelhos para cima, descansando os cotovelos sobre eles.

— No que você está pensando?

Seus olhos ficam enormes ao luar.

— Na morte.

— Na morte?

Pergunto-me se vamos voltar a conversar sobre aquela noite.

— Que Grady vai morrer — ela sussurra suavemente —, e sei que não posso fazer nada a respeito.

Coloco seus cabelos para trás da testa.

— Você precisa parar de se preocupar com coisas que não podem ser controladas.

Ela suspira e se afasta da minha mão.

— O problema é esse. Não consigo pensar em outras coisas. É como se eu não tivesse controle sobre essa fixação, o que não faz sentido, porque sou obcecada em controlar o incontrolável.

Ela está respirando descontroladamente.

Maldição. Preciso acalmá-la.

— Ei, venha aqui. — Envolvo com meus braços sua cintura e faço-a deitar no para-brisa comigo. Ela descansa a cabeça no meu peito, e brinco com seu cabelo, respirando o maravilhoso perfume de baunilha que exala. — Você lembra quando decidiu que seria uma boa ideia escalar os andaimes no ginásio?

— Só queria provar a Gary Bennitt que podia ser tão valente quanto os meninos. — Ela esconde o rosto na minha camiseta, envergonhada. — Por que você se lembra de tudo?

— Como eu poderia esquecer aquilo? Você me deu um baita susto quando caiu. E, mesmo assim, de alguma forma, conseguiu cair na madeira logo abaixo.

— Pensei que ia morrer — ela murmura. — Foi uma burrice.

— Não foi burrice, você apenas via a vida de um ângulo diferente — digo. — Sempre a invejei por isso. A forma como você sempre estava disposta a ajudar outras pessoas; ou quando você começava a dançar, mesmo quando ninguém estava dançando. No entanto, sempre houve uma resistência da sua parte. Você nunca permitiu que alguém se aproximasse completamente.

Ela silencia por um tempo e fico esperando que se afaste. Mas ela avança sobre mim, seu cabelo encobrindo nosso rosto. Sua respiração está irregular, como se estivesse apavorada.

— Abri meu coração para você uma vez — ela sussurra. — Da última vez que estivemos aqui, fazendo a mesma coisa.

Não consigo tirar os olhos de seus lábios.

— Não estou entendendo.

Ela umedece os lábios.

— Pedi que você não ficasse com Cassandra.

— Cassandra... Ah, era isso? — Começo a rir.

— Qual é a graça? — Ela pergunta, mas não consigo parar de rir.

Ela aperta meu mamilo e dou um pulo, batendo a testa contra a dela.

— Ai! — Ela pisca, esfregando a testa, e um riso escapa de seus lábios.

— O que é tão engraçado? — pergunto.

Ela fica linda, tentando parecer enfurecida, mas, no fundo, está saboreando o momento. Estou me divertindo, o que nunca imaginei que aconteceria esta noite. E se alguém pode me animar, esse alguém é ela. Como quando meu pai foi embora e ela me encontrou na garagem, agarrado à caixa de ferramentas dele, chorando como um bebê. Ela me deu seu picolé e depois ficou sentada comigo até minhas lágrimas secarem.

Ella esconde o rosto nos cabelos, conscientemente. Com um movimento rápido, viro meu corpo e o dela, fazendo que o meu fique por cima.

— Quando contei a Ethan que você me pediu para não ficar com Cassandra, ele disse que você estava a fim de mim. E ele está sempre errado sobre essas coisas.

— Eu não sentia nada por você — ela argumenta. — Apenas não queria que outra garota sentisse.

— Você sempre fica adorável quando nega a verdade.

— Micha, eu tinha tachas em todas as peças de roupa que vestia, e uma quantidade razoável de delineador preto para alterar qualquer aparência. E isso não é nada adorável.

— O adorável está em você — digo, piscando para ela.

Ela balança a cabeça e cutuca meu peito com o dedo.

— Não tente usar seu charme comigo.

Ficamos calados, congelados no momento, até que decido falar novamente:

— Tenho uma ideia.

Enquanto posiciono meu corpo sobre o dela, a curiosidade parece tomar conta de seu rosto. Meus braços ficam ao lado de sua cabeça, apoiando meu corpo. Meu rosto fica elevado sobre o dela, os lábios a uma polegada de distância, e ela permanece totalmente imóvel.

— Quero beijar você.

Ela balança a cabeça imediatamente.

— Não acho que seja uma boa ideia.

Passo um dos dedos por seus lábios. Só agora percebo que meu comportamento está totalmente errado. Que não posso forçar a situação. Tenho que agir devagar, como se ela fosse uma gata arisca que precisa ser tratada com cautela.

— Só uns beijinhos. Juro por Deus que isso é tudo o que vamos fazer. — Afasto o dedo dos seus lábios. — E beijar não assusta, certo?

— Com você, assusta — ela diz com sinceridade.

— Se você não quer, um simples "não" já basta.

Bem devagar, avanço meus lábios em sua direção.

Ela permanece imóvel, seus grandes olhos verdes focados em minha boca. Lentamente, para que tenha tempo de desacelerar seus pensamentos, acaricio seus lábios com os meus. Um pequeno suspiro escapa de seus lábios, e deslizo minha língua em sua boca. Suas mãos acariciam minhas costas, e depois meus cabelos. Nossos corpos se harmonizam enquanto exploro sua boca com a língua. Ela morde meu lábio inferior, encobrindo meu *piercing* com sua boca antes de soltá-lo.

Nossa! As coisas estão esquentando. Intensifico os beijos, e meu corpo vai ficando impaciente. Tento manter a promessa de apenas beijá-la, até mesmo quando prende as pernas em volta da minha cintura, e vai esfregando seu corpo contra o meu.

Ella

Ele prometeu apenas beijos, o que me pareceu inofensivo; mas, agora, meu corpo deseja algo mais. Estou contorcendo meus quadris contra os dele, sentindo o prazer irromper dentro de mim. Enquanto seus beijos impetuosos incham meus lábios, posso sentir sua excitação entre minhas pernas. Ao balançar meu corpo contra o dele, seus dedos se emaranham nos meus cabelos e sua língua mergulha ainda mais fundo dentro da minha boca. Minha cabeça cai para trás e meus olhos se abrem para as estrelas brilhando no céu. Parece que estou em queda livre ou voando... Não tenho certeza. Mas, seja o que for, não consigo controlar. Por um segundo, quero capturar o momento, colocá-lo em um frasco e mantê-lo comigo para sempre; mas o pânico invade minha mente e fujo dos seus lábios.

Seus olhos se abrem rapidamente e suas pupilas dilatam em surpresa.

— O que foi?

— Nada... Apenas... preciso me conter.

Respiro fundo, ainda arrepiada nos locais onde suas mãos me tocaram.

Micha balança a cabeça, totalmente sem fôlego. Com cuidado, ele vai se afastando de mim, e depois se reclina contra a janela, segurando minha mão. Ficamos em silêncio enquanto olhamos para o céu. Ele desliza os dedos ao longo das dobras dos meus e minhas pálpebras se fecham. Sinto uma parede desmoronar, deixando apenas a poeira e os restos para trás; restos que precisam desesperadamente ser recompostos.

***

— Você está bem? — pergunto a Micha ao estacionarmos em frente a minha casa.

Ele não disse uma palavra no caminho de volta, e posso sentir que algo o está incomodando.

— Sim, estou bem — ele diz dando de ombros. Em seguida, move os olhos para o retrovisor à medida que faróis brilham atrás de nós. — Mas talvez você não esteja.

Minhas sobrancelhas enrugam.

— Por quê? O que há de errado?

Ele aponta para um carro estacionando em frente a minha casa; uma Mercedes preta e brilhante, com uma loira sentada no banco do motorista.

— Oh, meu Deus, é o carro de Lila? — pergunto.

— Acredito que sim, já que duvido muito que alguém deste bairro tenha uma Mercedes.

O segredo de Ella e Micha

Lila desce do carro, e tudo indica que esteve chorando. Seus olhos estão inchados e as bochechas vermelhas. Ela está vestindo a calça do pijama e um capuz puxado sobre a cabeça. A última vez que vestiu roupas assim havia acabado de terminar com o namorado.

— Acho que está com problemas em casa — digo pegando a maçaneta da porta. — Mais cedo, deu sinais de que não queria ir para casa.

— Mas você não perguntou? — ele questiona arqueando a sobrancelha.

Mordo o lábio, sentindo-me culpada.

— Não tinha certeza se queria saber a resposta. Meu Deus, sou uma péssima amiga.

Encontramos Lila na porta dos fundos. Antes que eu possa dizer qualquer coisa, ela me abraça e começa a chorar. Fico tensa, nunca me acostumei a ser abraçada, exceto por Micha.

— Não queria voltar para lá — ela chora. — Sabia que isso ia acontecer.

Olho por sobre a cabeça de Lila, pedindo ajuda a Micha.

— Vai ficar tudo bem.

Ele me olha com simpatia e diz para entrarmos.

Concordo com a cabeça e ele acena para mim, voltando para o carro. Levo Lila para dentro, suportando seu peso como se estivesse doente. Ao chegarmos ao meu quarto, ela abraça um travesseiro e se enrola na minha cama.

Espero um minuto antes de dizer:

— Quer desabafar?

Ela sacode a cabeça.

— Quero apenas dormir.

— Tudo bem. — Desligo a luz e desmorono em minha bicama. Gostaria de vestir o pijama, mas o dia foi muito desgastante.

— Meu pai me odeia — Lila sussurra em soluços.

Inicialmente congelo, mas depois me sento, tentando olhá-la na escuridão.

— Tenho certeza de que ele não a odeia.

— Sim, ele me odeia — ela diz. — Sempre diz isso, que desejava ter filhos em vez de filhas, pois são mais fáceis de lidar.

— Você vai ficar bem? — Pergunto, sem saber o que dizer.

— Vou. Mas vai levar um tempo.

Essa é a cura mágica? Tempo? Deito novamente e caio no sono, embalada pelo murmúrio de seus soluços.

Capítulo 11

Ella

Na manhã seguinte, Lila está se sentindo muito melhor. É como se a noite passada nunca houvesse acontecido, mas me pergunto se ela não está fingindo.

— Tenho a sensação de que hoje o céu vai estar ensolarado, com um belo arco-íris — diz Lila alegremente enquanto passa batom, usando o espelho da porta do armário.

Mesmo contra minha vontade, ela removeu alguns dos meus desenhos para que pudesse ver seu reflexo no espelho.

— O quê? — perguntei, e ela riu, totalmente confusa. — Você está drogada? — provoco, enquanto torço meu cabelo na parte de trás da cabeça e o prendo com um grampo.

Ela faz uma pausa, olhando para mim por sobre o ombro.

— Por que você sempre faz perguntas como essa?

Calço minhas botas e amarro os cadarços.

— Que tipo de perguntas?

— Toda vez que estou feliz, você sempre pergunta se estou bêbada ou algo parecido. As pessoas podem ser felizes sem a ajuda de certas substâncias.

Coloco um relógio no pulso.

— A maioria das pessoas pode, mas nem todas.

Lila coloca um brinco de diamantes.

— Você está muito bonita hoje.

Olho para o vestido preto e roxo que estou vestindo e para as botas nos meus pés.

— Acabei esquecendo de lavar minhas roupas, e fui obrigada a vestir as antigas, que não combinam com nenhum dos meus sapatos novos.

— Mesmo assim, você está linda. — Ela faz uma longa pausa e pergunta: — Então, o que temos na agenda para hoje?

— Depende de você. Onde está pensando em ficar?

Ela desliga o celular e o joga na cama.

— Gostaria de ficar com você por um tempo, se não se importar. Poderíamos passar o tempo juntas. Não tenho nada programado para o verão e não vou voltar para casa.

— Quer me contar o que aconteceu?

— Não...

— Certo... bem, preciso arrumar um emprego — digo. — Tenho que guardar dinheiro para pagar a faculdade, porque tudo indica que não vou ganhar aquele estágio.

Ela coloca uma faixa no cabelo.

— Aquele no museu de arte?

— Ele mesmo, começa depois de meados de junho — explico. — Mas faltam apenas cinco semanas, e acredito que já teriam me notificado se eu houvesse conseguido.

— Nunca se sabe. Às vezes, essas coisas levam tempo. — Ela dobra uma camisa e a coloca na bolsa, e depois amarra uma fita na parte de trás da que está vestindo. — Então, se conseguir, vai ter que voltar para Vegas, certo?

Balançando a cabeça, vou em direção à porta. Duas semanas atrás, a ideia de voltar para o deserto me faria feliz, mas algo mudou. Ainda quero ir, mas partir ficou um pouco mais difícil.

Pego o celular de cima da penteadeira, observando o aviso da mensagem de voz de Micha. Meu dedo paira sobre o botão enquanto caminho pelo corredor. Ele me disse que eu não estava pronta para ouvi-la. Será que estou pronta agora?

— Não entendo por que você não gosta daqui — Lila me segue. — Sim, as pessoas são um pouco rudes, mas nem todas são más, e em todo lugar há coisas ruins. Não há como nos escondermos de tudo isso.

— Muito perspicaz da sua parte — digo, e coloco o celular de lado.

— O mal vem em formas diferentes — Lila continua. — Seja na forma de traficantes de drogas, de corruptos ricos, ou apenas na forma de babacas desprezíveis.

Não sei muito sobre Lila, apenas que é rica, que seu pai é advogado e que sua mãe fica em casa. Ela gosta de roupas, é ótima com números, e foi a responsável direta por eu ter passado em matemática.

A porta do quarto do meu irmão está aberta, e ele aparece enquanto estamos passando. Está vestindo uma camisa polo preta e vermelha e uma calça cargo, e usando algum tipo de gel brilhante no cabelo.

— Ei, você viu papai? — ele pergunta, cumprimentando Lila com um olhar.

Aponto para a porta fechada no final do corredor.

— Pensei tê-lo ouvido chegar ontem à noite e ir para o quarto.

— Você ouviu certo, mas parece que ele saiu novamente hoje de manhã. — Meu irmão apoia o corpo contra o batente da porta e cruza os braços. — Ouvi quando ele foi ao banheiro, e também o som do seu choro durante a noite, mas agora não consigo encontrá-lo. Ligaram do trabalho dele dizendo que não apareceu.

Cerro os punhos para que minhas unhas se cravem nas palmas das mãos.

— Já olhou no banheiro?

Os olhos de Dean passam pelo corredor até a porta do banheiro, e ele balança a cabeça negativamente.

— Não, e nem quero.

— Oi, eu sou Lila. — Ela se apresenta e oferece a mão. — Você deve ser o irmão de Ella, Dean.

Dean demonstra pouco entusiasmo e aperta sua mão.

— Sim... de onde vocês se conhecem?

— Fomos colegas de quarto. — Ela responde levando a mão ao peito, fingindo-se de ofendida. — Ela nunca falou de mim?

— Não falamos muito. — Olho para a porta do banheiro novamente, e meu estômago se contorce. — Precisamos encontrar papai.

— Não vou procurá-lo naquele banheiro, Ella, mas se você quiser, vá em frente.

Com as pernas mais moles que macarrão, ando pelo corredor escuro e paro em frente à porta, com a lembrança do dia em que minha mãe morreu. A porta estava fechada e a casa silenciosa, exceto pelo som de água corrente. Minhas mãos tremem à medida que a abro.

O banheiro está vazio, a banheira vazia e o piso de cerâmica limpo, exceto por uma pequena mancha no chão. Não há toalhas nos ganchos, e o espelho na parede à minha frente reflete meu rosto. Meu cabelo está perfeitamente encaracolado, meus lábios brilham e meus enormes olhos verdes revelam tudo.

— Papai não está aqui — digo, incapaz de tirar os olhos do espelho. — Tem certeza de que não o ouviu sair de casa?

— Provavelmente ele saiu e eu não ouvi — Dean responde. — Mas, desde quando papai começou a sair em silêncio?

Rapidamente fecho a porta do banheiro, como se estivesse tentando apagar um incêndio, e volto correndo para o corredor.

— Alguém precisa encontrá-lo. Você tentou ligar para ele?

— É claro. Não sou um idiota. — Ele revira os olhos e balança a cabeça. — Mas ele não atendeu.

Lila tenta mudar de assunto:

— Então, quer dizer que você toca bateria, Dean?

Ele aponta para uma bateria que está no meio do pequeno quarto escuro com paredes azuis. O chão e a cama estão abarrotados de caixas, e a cortina está fechada, permitindo a entrada de um pequeno feixe de luz solar.

— Eu tocava bastante, mas agora quase não toco. Estou noivo e tenho que trabalhar.

— Noivo? — Lila e eu dizemos simultaneamente.

— Sim, noivo. — Dean revira os olhos e volta para o quarto. — É o que acontece quando duas pessoas namoram por muito tempo.

— Por que você não me contou? — pergunto indo atrás dele.

Ele pega uma pequena caixa e a joga no chão.

— Você realmente se importa?

Com cuidado, removo a caixa do caminho com um dos pés.

— Você é meu irmão. É claro que me importo.

— Mas não nos damos muito bem — ele ressalta. — Chegamos a ficar um ano sem conversar. Puxa, só fiquei sabendo que você foi para a faculdade semana passada.

Ele está certo, o que é triste. Eu mal o conheço, ele mal me conhece, e estou começando a pensar que também mal me conheço.

— Papai sabe que você está noivo? — pergunto. — Está pelo menos planejando dizer a ele?

— Mesmo que eu dissesse, ele esqueceria no dia seguinte. — Ele esvazia uma gaveta em uma grande caixa aberta e a fecha novamente. — Sabe como ele é. Acho que ele nem sabe se moramos aqui ou não.

— Mesmo assim, ele tem o direito de saber — digo. — Ele não é má pessoa, e você sabe disso. Apenas tem seus problemas.

— Problemas que detonaram nossa infância. — Dean chuta uma caixa para longe, com força, e ela acerta a parede. — Você precisa reconhecer que a forma como crescemos não foi normal. Meu Deus, até Micha, que foi abandonado pelo pai, teve uma infância mais fácil, com a mãe apenas para cuidar dele.

— Hmm... — Lila enfia a cabeça no quarto. — Ella, acho que vou esperar você lá fora.

Deus, esqueci que ela estava ali, ouvindo tudo aquilo.

— Tudo bem, encontro você lá embaixo — digo. Fico mais um pouco no quarto de Dean, olhando as fotos na parede — Acho que quase a matamos de susto.

Dean pega suas baquetas e as coloca em uma bolsa grande.

— Desculpe, mas tenho que perguntar. Como vocês ficaram amigas?

— Ela era minha colega de quarto e acabamos nos entrosando.

Dou de ombros, pegando uma foto de Dean e seus amigos em uma praia ensolarada. Foi tirada durante uma viagem com a escola, e ele parece feliz.

— Vocês se entrosaram... A garota parece uma princesa mimada — acusa.

Olho para suas roupas estilizadas e digo:

— Você também.

— Primeiro: não sou uma princesa, e segundo: trabalhei por elas — ele diz. — Não ganhei nada fácil.

— Talvez ela também tenha trabalhado por elas.

— Será?

Odeio admitir que ele possa estar certo.

— Não, os pais dela são ricos.

Ele me olha com sua típica expressão arrogante quando admito que tem razão.

— Bem, então é isso.

— Lila é legal — protesto. — E ela não faz milhões de perguntas.

— Você pode até acreditar que precisa guardar certas coisas em segredo — ele diz colocando um cobertor dentro de uma caixa —, mas isso não é saudável. Você precisa encontrar alguém para desabafar. Caso contrário, pode ficar maluca.

Meus olhos encontram a janela, da qual posso ver a casa de Micha.

— Acho que já consegui.

Dean enruga a testa enquanto joga um punhado de palhetas dentro de uma caixa.

— Ficar maluca? Ou alguém com quem desabafar?

— Ambos — recuo até a porta. — Quando você volta para Chicago?

— Se tudo der certo, hoje à noite. Não me leve a mal, mas este lugar me traz tristes lembranças.

— Pelo menos, tente se despedir antes de ir.

Ele não responde, mas também não espero por uma resposta. Essa foi provavelmente a conversa mais longa que já tivemos, e tenho a sensação de que pode ter sido a última por muito tempo.

Capítulo 12

Micha

— Cara, onde você está com a cabeça hoje? — Ethan pergunta, e, segundos depois, um pano com graxa atinge meu rosto.

Atiro o pano de volta, com força.

— Você está começando a me irritar com essa porra.

Ethan arregala os olhos exageradamente.

— Que se dane, cara. Você anda muito distraído ultimamente. — Ele enfia a cabeça para baixo do capô. — E não vou dizer o motivo.

— Bom, porque não quero ouvir.

Dou a volta por trás do carro e passo os olhos nas ferramentas na parede da garagem. Pego uma caixa com algumas enferrujadas, uma das poucas coisas que meu pai deixou para trás, e jogo na lata de lixo. Ele ligou hoje de manhã novamente, implorando na secretária eletrônica para que eu ou minha mãe atendêssemos.

Ethan levanta a cabeça e olha para a lata de lixo.

— Quer explicar isso?

— Não.

Pego uma chave e começo a trabalhar no carro.

Trabalhamos nele por um bom tempo, mas o calor está forte e estou ficando ainda mais irritado com meu pai a cada segundo que passa. Então, arremesso a chave no chão. Ethan não faz perguntas dessa vez.

— Podíamos dar uma festa hoje à noite — anuncio, incapaz de me conter. — Uma daquelas bem grandes, como aquela da noite de formatura.

O segredo de Ella e Micha

— Quer realmente reviver aquela noite? — Ethan sai de baixo do capô. — Não tenho certeza se quero.

Saio da garagem para a luz do sol, determinado a esfriar a cabeça.

— O que não conseguimos lembrar não faz mal, certo?

— Não acho que você queira realmente fazer isso — Ethan fica ao meu lado.

Olhamos para a calçada e vemos um velhinho empurrando um carrinho de compras.

— Há momentos em que tenho vontade de me lembrar, daria qualquer coisa para conseguir, mas não consigo. Perdi um ano da minha vida. Às vezes, é melhor mantermos nossa mente dentro de certos limites. Além disso, esse comportamento não combina nem um pouco com você. O que está acontecendo? — diz Ethan.

— Nada — suspiro ajeitando os cabelos com os dedos — Estou apenas pensando alto.

Ethan retorna à garagem e começa a trabalhar no motor novamente.

No segundo ano do ensino médio, ele começou a sair com alguns alunos que tinham opiniões agressivas sobre o mundo e gostavam de se drogar e conversar a respeito. Ethan, de alguma forma, ficou amigo deles, e, no período de um mês, acabou abandonando a escola e entrou em uma enrascada da pesada.

Um ano depois, decidiu procurar ajuda. Reorganizou sua vida, abandonou o vício e voltou aos estudos. Estava um ano atrasado, mas estudou arduamente e conseguiu se formar conosco. Olhando para ele, nunca se poderia imaginar que tudo aquilo aconteceu.

A porta lateral da casa de Ella se abre e Lila aparece. Ela parece triste, embora não tanto quanto na noite passada. Ela olha em direção à calçada, para o jardim da casa do outro lado da rua, onde está acontecendo uma partida de futebol americano. Em seguida, seus olhos percorrem minha casa e se arregalam ao perceber que estou observando seus movimentos.

Ela acena timidamente do degrau mais alto.

— Ei, Micha.

— Tudo bem? — pergunto com um leve aceno de cabeça.
— Ella já acordou?

Protegendo seus olhos azuis do sol, ela olha para a janela de Ella.

— Sim, disse que desceria depois de conversar com o irmão.

— Espero que ele não esteja bancando o idiota.

— Na verdade, não sei o que significa ser um irmão idiota.
— Um sorriso surge em seus lábios.

Caminho em direção à cerca, levantando os *jeans* que estão escorregando dos meus quadris.

— Não estão gritando?

Lila balança a cabeça e vem até a cerca, tirando os cabelos loiros de perto da boca.

— Ella não gosta muito de gritar, certo?

Descanso meus braços em cima da cerca.

— Depende de qual Ella estamos falando.

Seu rosto se fecha.

— Como posso conhecê-la por oito meses e não saber nada a seu respeito? Devo ser uma pessoa horrível, certo?

Lamento por ela.

— Acho que sua amiga é do tipo de pessoa que prefere esconder quem realmente é. Você não tem culpa.

Ela desfere um olhar desconfiado.

— Honestamente, parece que Ella é assim com todos, exceto com você.

O segredo de Ella e Micha

— Nós nos conhecemos há muito tempo — digo. — Temos uma relação mais íntima.

Seus olhos azuis brilham com malícia.

— Principalmente quando você a agarra no carro?

— Parece que você está querendo ver o circo pegar fogo — digo, gostando ainda mais da menina.

— Talvez esteja. — Ela se inclina sobre o muro para o meu lado, tentando ter uma visão melhor do interior da garagem. — Ethan está por aí?

Dou um passo para trás para que ela possa ver melhor.

— Sim, está trabalhando no carro.

— Acho que vou oferecer minha ajuda.

Ela abre um sorriso enorme e pula sobre a cerca, e depois reclama quando um dos seus sapatos fica preso no arame.

Tentando não rir, desengancho o sapato e ela caminha até a garagem, surpreendendo Ethan. A porta da casa de Ella se abre, e a vejo surgir à luz do sol.

Ela está usando um vestido preto e roxo, bem justo, e um par de botas de cano alto, e seu cabelo está ordenadamente encaracolado. É uma mistura do seu visual antigo com o novo. Ela parece apreensiva, há algo estranho em seus olhos, como se estivesse aterrorizada e excitada ao mesmo tempo.

— Você viu Lila? — Ela morde o lábio, e sinto vontade de pular a cerca e agarrá-la; senti-la como ontem à noite.

Sem tirar os olhos dela, aceno com a cabeça para a garagem.

— Está lá dentro com Ethan. Parece interessada nele.

— É o que tudo indica. — Ela faz uma pausa. — Acho que a assustei um pouco.

— Quer dizer que você e Dean acabaram assustando Lila um pouco, certo?

— Ela disse que eu estava falando com Dean?

Jessica Sorensen

— Sim, mencionou algo a respeito. — Estendo minha mão para ela. — Por que você não pula a cerca e vem participar da nossa festa?

— Uma festa com quatro pessoas? — Ela pergunta tentando não sorrir, mais linda que nunca.

Pego-a pelo quadril, puxando-a para junto de mim, e mergulho os lábios em sua orelha.

— Pode ser uma festa a dois. Basta pedir.

Ela treme ao sentir minha respiração em seu pescoço.

— Acho melhor mantermos o quarteto.

Pressiono meus dedos na curva dos seus quadris.

— Não sabia que você gostava de perversão.

Ela aperta meu ombro e dou risada; os problemas com meu pai ficam mais distantes.

— Relaxe, estou brincando; mas foi você que começou.

— Eu estava brincando.

— Eu sei... Estou realmente pensando em dar uma festa hoje à noite.

— Mas você não dá uma festa todas as noites?

Ergo a sobrancelha.

— Além daquela noite em que você apareceu, já viu outra festa acontecendo?

Ela enruga a testa.

— Não. — Depois, senta-se sobre a cerca, balançando as pernas para o meu lado. — Micha, o que você tem feito nos últimos oito meses?

— Estive concentrado em você.

Evito dizer a verdade. Que não tenho feito muita coisa além de correr atrás dela e ajudar minha mãe.

Ela ajeita o vestido debaixo das pernas e acabo vendo rapidamente a calcinha preta rendada que está usando.

— Onde você trabalha?

Sob protesto, abro suas pernas e fico entre elas.

— Trabalho na oficina com Ethan, mas não é para sempre. Tenho outros planos. Mas preciso de um tempo para ajeitar tudo.

Ela coloca as mãos no meu peito, afastando-me.

— Acho que nossa amizade está tomando outro rumo.

— Isso já aconteceu há muito tempo — digo, deslizando as palmas das mãos por suas coxas nuas. — Pelo menos para mim.

Sua mandíbula se aperta.

— São coisas assim que causam essa mudança; as que aconteceram na noite passada... e dentro do carro.

— Muitas evidências parecem indicar que pertencemos um ao outro, e que devemos ficar juntos.

Seus olhos se arregalam e eu recuo para tentar outra tática. Ela precisa sorrir e libertar esses lábios estressados. Belisco-a em um dos flancos e ela grita.

— Não faça isso — diz segurando o riso. — Você sabe que odeio cócegas.

Passo meus dedos do outro lado e ela se contorce antes de cair de cima da cerca, de costas na grama. Salto a cerca com facilidade enquanto ela se levanta. Ella estreita os olhos e sai correndo em direção à porta de sua casa. Corro ao seu lado, mas ela evita meu toque. Olha para a porta e depois para o jardim da frente, que está mais próximo.

— Micha, chega — avisa. — Estamos velhos demais para isso.

Abro meus braços para o lado, inocentemente.

— Mas não estou fazendo nada.

Seus olhos recaem sobre a casa mais uma vez. Em seguida, balançando a cabeça, dá um rodopio e corre rapidamente para o jardim. Deixo-a sair na frente, antes de disparar atrás dela. Quando me aproximo, está na varanda, virando a maçaneta da porta.

Pergunto com sarcasmo:

— Está trancada?

Ela solta um suspiro de frustração e pula sobre o corrimão da varanda, escorregando na grama.

— Que droga, Micha! Vou te encher de porrada por isso.

— Espero que você cumpra essa ameaça.

Corro atrás dela pelo quintal do vizinho.

Ela corre pela grama, a presilha de seu cabelo se solta. Ao saltar por cima do muro de tijolos do quintal vizinho, esmaga uma fileira de flores. Sem usar as mãos, salto por sobre o muro, mas acabo tropeçando e caio de joelhos.

Ela para no meio do gramado e começa a rir de mim.

— Bem feito! Você mereceu isso.

Fico em pé, limpando a sujeira dos joelhos, com um sorriso disfarçado no rosto.

— Você acha isso engraçado?

Seus olhos brilham e, subitamente, a queda valeu a pena.

— Você está ridículo.

— Estou? — Dou um passo em direção a ela.

Ela dá um passo para trás.

— Está.

De repente, os aspersores ligam automaticamente, encharcando o gramado e ela ao mesmo tempo. Ella grita e cobre a cabeça com os braços.

— Bem feito por rir de mim — digo com um sorriso.

Ela deixa os braços caírem para o lado e sorri.

— Bom, pelo menos a água mantém você longe de mim.

Seu vestido está grudado no corpo, em todos os lugares certos, e um pouco dos cabelos molhados cobrem as laterais de seu rosto. Ela começa a rodar em círculos, com as mãos acima da cabeça.

— Você é linda — digo, incapaz de me conter.

Ella

Micha está ridículo, e não consigo parar de rir. Não rio tanto assim há muito tempo, até parece algo anormal. É como se fossemos crianças novamente, como se este momento pertencesse a outros tempos, quando todas as coisas são possíveis e cheias de vida.

Enquanto dou risada, os aspersores ligam e minhas roupas ficam imediatamente encharcadas. No início grito, mas depois me divirto, levantando as mãos acima da cabeça e girando na água, imaginando que ele não virá atrás de mim.

Ele grita alguma coisa sobre eu ser bonita, e então avança, sem se importar com a água, pegando-me completamente de surpresa. Seus braços agarram minha cintura e caímos no chão, mas Micha amortece meu peso e me coloca na grama molhada suavemente.

— Micha — digo tentando ficar séria. — Não faça isso. Você sabe como odeio cócegas.

— O que deixa a situação ainda mais prazerosa.

Gotas de água no cabelo, cílios longos, seus lábios. Com uma das mãos, ele prende meus braços acima da minha cabeça e pressiona seu corpo contra o meu. Minhas roupas molhadas se agarram a minha pele, e posso sentir cada parte do seu corpo.

— Retiro o que disse. Isso é muito melhor.

Ele deixa uma das mãos subir por minhas costas, o polegar vai escorregando ao longo das ondulações, levando meu corpo à loucura.

Paro de resistir e fico completamente imóvel. Água escorre por nosso rosto à medida que ele leva seus lábios aos meus. Nossas línguas molhadas se entrelaçam, cheias de desejo. Sinto uma sensação estranha e desconhecida dentro de mim novamente, e minhas pernas ficam bambas e se prendem em volta de sua cintura, pedindo mais, como na noite passada.

Micha recua, parecendo surpreso enquanto olha para a casa ao lado e depois para a rua. Então, deixa escapar um rugido selvagem e aprofunda o beijo, empurrando a língua profundamente em minha boca. Chupo seu lábio inferior e passo a língua em seu *piercing*. Ele fica todo arrepiado, e isso me satisfaz intimamente, mas meu prazer me confunde.

— Ella — ele geme, e depois me beija ferozmente.

Suas mãos correm para cima e encontram meus seios. Seu polegar circula ao redor do mamilo, e através do tecido molhado das minhas roupas a sensação é de puro deleite. Estou enlouquecendo de prazer, e os meus joelhos grudam em seus quadris.

Um gemido misturado com êxtase explode em meus lábios. Estou começando a perder o controle novamente. Dessa vez, tento ignorar, mas isso me consome e tenho que parar. Depois de muito esforço, posiciono meus braços entre nós e o empurro.

— Temos que voltar. — Olho para a casa de tijolos do quintal em que estamos. — Além disso, se a senhorita Fenerly aparecer, vai ter um ataque cardíaco.

Os olhos azuis esverdeados de Micha me penetram. Há lama em sua testa e grama nas mechas dos seus cabelos loiros.

— Se é isso que você quer...

Ao ficar em pé, segura minha mão e me ajuda a levantar. Retira pedaços de grama do meu cabelo e acaricia meu rosto.

De mãos-dadas, caminhamos pela grama e pela calçada, deixando um rastro de água e algo mais. Algo invisível para outras pessoas, mas, para mim, é mais visível que o sol brilhando no céu.

Capítulo 13

Micha

Estou determinado a dar uma festa hoje à noite, mesmo não gostando muito de agito. Na verdade, nunca gostei. Gosto apenas do jeito como bloqueiam todo o barulho dentro da minha cabeça, e espero que hoje à noite bloqueie a voz do meu pai.

Ella desapareceu quando voltamos para casa, murmurando alguma coisa sobre encontrar seu pai. Ofereci ajuda, mas ela preferiu levar Lila junto. Não forcei a barra porque percebi que ela precisava de um tempo para pensar. Não há problema algum em precisar de um tempo, desde que não seja para sempre.

Ethan e eu demos uma pausa no conserto do carro para planejar a festa. Depois de enviarmos uma enorme quantidade de mensagens de texto e de Ethan encomendar alguns barris de cerveja, estávamos prontos para a festa.

Estamos na cozinha, esperando os convidados, quando o céu é tomado por nuvens e começa a trovejar.

— Posso perguntar uma coisa? — Ethan diz subitamente.

Pego uma tortilha congelada do freezer e jogo em um prato.

— Claro. O que é?

— Não me leve a mal — ele se reclina na cadeira —, mas o que está havendo entre você e Ella? Por que você está tão obcecado? Tem um montão de garotas se jogando aos seus pés, e você sempre curtiu isso. Mas, agora, você só quer saber de Ella.

— Eu nunca curti garotas caindo aos meus pés. — Estou entediado. Coloco o prato no micro-ondas e pressiono "ligar".

Ele pega um punhado de batata frita do saco sobre a mesa.

— Tudo bem, mas você ainda não respondeu à minha pergunta.

Cruzo os braços, desconfortável com aquele papo estranho.

— Não tenho certeza, mas, por que você se importa com isso?

— Só estou curioso, porque você nunca falou a respeito.

— Sim, mas normalmente não falamos sobre um monte de coisas.

Ele deixa que as pernas da frente da cadeira toquem no chão novamente.

— Veja bem, não estou pedindo para você abrir seu coração para mim, portanto, pare com a esquisitice. Quero apenas entender o que está acontecendo com você, pois nos conhecemos há muito tempo.

O micro-ondas bipa e vou até lá.

— Foi na noite do incidente com o *snowboard* que percebi que as coisas estavam diferentes.

— Quando ela quebrou o braço? — pergunta. — E você teve que levá-la ao hospital.

Concordo com a cabeça.

— Você lembra como ela caiu do telhado e depois não se levantou imediatamente... e certa pessoa gritou que ela estava morta.

— Ei, eu estava bêbado. — Ethan reclama, porque foi o único a gritar. — E ela parecia estar morta.

— Bem, foi nesse momento que eu soube. — Tiro a tortilha do micro-ondas e a coloco sobre o balcão. — Pensar que ela estava morta foi a coisa mais assustadora que já me aconteceu. Mais do que a possibilidade de meu pai nunca mais voltar. Mais que minha própria morte.

Ethan balança a cabeça, tentando dar sentido a minha tagarelice.

— Tudo bem...

O segredo de Ella e Micha

Bato a porta do micro-ondas e sento-me à mesa.

— Ei, você perguntou.

Ele dá uma batida de leve com o celular na mesa.

— O que você acha de Lila?

— Ela parece legal. — Vou até a geladeira e pego um refrigerante, e, em seguida, atiro um para Ethan. — Acho que está interessada em você.

Ele dá um tapinha na tampa da lata, depois vira o anel.

— Sim, mas ela mal me conhece.

Bebendo meu refrigerante, volto a sentar.

— Ninguém o conhece muito bem.

Ele dá de ombros, olhando fixamente pela janela.

— Nunca entendi direito essa coisa de se entrosar com os outros.

O telefone de casa toca e nossa conversa termina. Engulo o resto da tortilha quando a secretária eletrônica bipa.

"Hãã, oi... esta mensagem é para Micha."

É a voz do meu pai. Congelo segurando a borda da mesa.

"Escute, Terri, entendo que ele esteja puto comigo, mas precisamos conversar. É importante, juro. Ele desligou na minha cara ontem de manhã... Pensei que talvez, se você o encorajasse, ele poderia ligar para mim..." Ele parece cansado. "Sei lá... olha, desculpa aí." Desliga.

Liberto a mesa do meu aperto mortal, levanto-me e apago a mensagem na secretária. Quando volto, Ethan está em pé. O buraco que abri na parede com um soco não foi consertado e penso em socá-lo novamente.

— Precisamos guardar nossas coisas antes que a chuva comece — Ethan diz olhando para o céu através da janela.

Estalo meus dedos e caminho para a porta.

— Parece uma boa ideia.

Ella

Encontro meu pai no bar. É o primeiro lugar que procuro, mas é decepcionante ter sido tão fácil. Lila fica me esperando no carro, porque pedi a ela. Quando entro, vejo que ele está caído sobre uma banqueta, com um copo vazio na frente. Denny, o *barman*, está limpando o balcão com um pano. Quando me vê na entrada, levanta a mão para que eu pare.

— Preciso ver sua identidade antes que entre. — Ele dobra o pano de limpeza no ombro, contorna o balcão e caminha em minha direção.

— Sou eu, Denny — digo. — Ella Daniels.

Seus olhos se arregalaram.

— Nossa! Você voltou.

Concordo com a cabeça.

— Sim, mas só para passar o verão.

Com a mão, ele arruma seus cabelos castanhos encaracolados.

— Onde você estava, afinal? Ninguém parecia saber.

— Em Las Vegas, na faculdade. — Aponto para meu pai. — Acho melhor levá-lo para casa.

Denny olha para meu pai.

— Ele apareceu aqui hoje de manhã. Nem estávamos abertos ainda, mas seu pai já estava bêbado demais para entender quando tentei explicar isso a ele.

— Vou levá-lo para casa — digo, e ele me deixa passar. — Sinto muito que meu pai tenha lhe dado tanto trabalho.

Denny larga o pano sobre o balcão e me ajuda a levantá-lo. Ele cheira a uísque, como se houvesse tomado banho em uma garrafa de Jack Daniels.

— Não me importo que ele venha aqui, Ella — Denny diz. — Mas estou começando a me sentir mal por isso. Nos últimos meses, ele tem vindo com bastante frequência. Acho que está com algum problema.

— Já faz tempo.

Coloco um dos braços do meu pai sobre meu ombro e Denny faz o mesmo com o outro.

Meu pai resmunga algo incompreensível, e depois algo sobre sentir a falta dela e querer esquecer. Conseguimos arrastá-lo até o carro e Lila abre a porta. Ela observa enquanto Denny e eu deitamos meu pai no banco de trás.

Está começando a pingar e relâmpagos cruzam o céu.

— Obrigada pela ajuda — agradeço a Denny protegendo os olhos das gotas de chuva.

Tenso, Denny esfrega o pescoço.

— Já pensou em procurar ajuda profissional?

— Como assim? Como uma clínica de reabilitação? — grito para vencer o trovão.

Ele confirma com os ombros.

— Ou o A. A., algo que possa ajudá-lo a se reerguer.

Coço a cabeça, confusa. Por que não pensei nisso antes? Sinto uma sensação de pânico subindo pela garganta, consumida por um sentimento de culpa em relação à morte da minha mãe.

— Pense a respeito — Denny diz dando-me um tapinha no braço. — E, se precisar de ajuda, sabe onde me encontrar.

Agradeço mais uma vez e entro no carro. Espero até que Lila diga alguma coisa, mas quando abre a boca, não é o que eu estava esperando ouvir.

— Minha irmã mais velha ficou viciada em drogas — ela diz rapidamente. — Durante um ano.

Parei de mastigar meu chiclete.

— Não sabia disso.

— Eu sei. Poucas pessoas sabem. Minha família é muito rígida quando se trata de manter nossos assuntos em segredo.

— Ela olha para meu pai roncando no banco de trás. — Mas quis lhe contar para que você soubesse que entendo como é difícil ver alguém que a gente ama destruindo a si próprio.

Chegamos à minha rua e os pneus espalham a água das poças sobre o capô do carro.

— Por que você nunca me disse isso antes?

— Por que você não me contou sobre seu pai?

— Não sei. — Quem é essa garota sentada ao meu lado? — Então, minha vida não a assusta?

Ela arqueia as sobrancelhas e ajeita o corpo no assento.

— Não a conheço tanto assim, mas, até agora, sua vida pessoal não me assusta.

***

Quando estacionamos em frente à minha casa, vejo três barris grandes de cerveja na varanda de Micha. A porta da garagem está aberta e seu carro não está lá. A chuva está inundando a calçada, e a árvore próxima da casa balança ao vento.

— Eles devem ter consertado o carro — digo desafivelando meu cinto de segurança.

— Droga — Lila soca o joelho com uma das mãos e um sorriso se expande em seu rosto. — Estava tão ansiosa para ver Ethan inclinado sob o capô...

Dou risada.

— Bem, eu não estava pensando nisso exatamente — digo quando paro de rir. — Ia pedir a Micha que nos ajudasse a levá-lo para casa.

Lila e eu olhamos para o banco de trás, tentando pensar em uma maneira de executar essa tarefa.

— Talvez possamos pedir ajuda a seu irmão — Lila sugere.

O segredo de Ella e Micha

Meus olhos percorrem o Porsche estacionado na nossa frente.

— Não acredito que ele queira ajudar.

— Não custa tentar.

— Sim, você tem razão — suspiro e ligo para Dean para que venha ajudar.

Ele não responde, mas alguns minutos depois a porta dos fundos se abre. Dean aparece descalço, com um capuz cobrindo a cabeça. Permanece em silêncio ao abrir a porta do carro. Lila sai da frente e ele se abaixa dentro do carro e arrasta nosso pai para fora. Saio e mantenho a porta dos fundos aberta. Dean permite que papai apoie todo o peso sobre ele e o leva direto para o sofá da sala.

— Onde ele estava? — Dean me pergunta enquanto vira nosso pai para o lado, caso vomite.

— No bar. — Coloco o acolchoado do encosto do sofá sobre nosso pai e ele o abraça como uma criança. — Denny me ajudou a levá-lo para o carro.

Dean pressiona os lábios e sacode a cabeça para cima e para baixo.

— Imaginei que estivesse lá, mas não quis ir atrás dele.

— Você sabe que eu não tenho idade suficiente para entrar em um bar, certo?

— Mas eu tenho idade suficiente para saber que não quero mais lidar com essa situação.

Abro a boca para gritar com ele, mas fecho os lábios e balanço a cabeça, recuperando o controle do meu temperamento.

Ele recua em direção à escada.

— Já não aguento mais isso. Vou tocar minha vida, e você devia fazer o mesmo.

Ele me deixa na sala sozinha, com uma sensação de peso no coração.

Adoraria tocar minha vida, mas não sei como. Fugir para Las Vegas por oito meses não ajudou muito, pois estou praticamente no mesmo ponto de partida.

***

Lila e eu decidimos ir ao Larry's Diner, o restaurante *drive-in* local, para almoçar. É um restaurante temático dos anos 1970, onde as garçonetes vão de patins até os carros para anotar os pedidos. Depois que trazem nossa comida e prendem a bandeja na janela, comemos no carro e ouvimos música.

A chuva continua caindo, mas agora suave, embora esteja escorrendo do teto para o capô do carro. Estamos conversando sobre os rapazes sentados às mesas sob a cobertura, quando Lila leva a conversa para um rumo que não quero seguir.

— Então, para onde você e Micha foram hoje de manhã? — ela pergunta bebendo refrigerante e batendo os cílios inocentemente.

Mergulho uma batata frita no copinho de molho em cima do painel.

— Para lugar nenhum. Ele apenas me perseguiu pela rua.

Ela coloca mais *ketchup* em seu sanduíche de frango.

— Então, por que vocês voltaram ensopados?

Meu corpo se arrepia com a lembrança de Micha e eu rolando na grama.

— Um dos aspersores do vizinho ligou quando estávamos passando.

— Vocês estavam bem molhados para apenas alguns minutos sob um aspersor. — Ela limpa os lábios com um guardanapo. — E você parece muito feliz agora.

Forço um sorriso e pego picles do meu hambúrguer em silêncio.

— Se não quer me contar — ela diz —, não precisa.

— Não consigo falar sobre Micha — explico. — Porque ainda não sei o que realmente sinto por ele.

— Tudo bem, mas estou aqui para ouvi-la. É assim que os amigos ajudam uns aos outros a entender e resolver seus problemas. — Ela faz uma pausa, limpando um pouco de gordura que caiu em sua camisa. — Você nunca teve alguém com quem pudesse conversar sobre tudo?

Dou de ombros e mordo meu hambúrguer.

— Talvez Micha, mas não posso falar dele com ele.

Ela me olha com tristeza.

— Então, fale comigo.

Mastigo uma batata frita, tentando não engasgar. Uma vez que admitimos alguma coisa, ela se torna real.

— Não tenho certeza de que consigo.

— Basta tentar — ela insiste. — Que mal poderia fazer?

Misturo o molho com uma batata frita.

— Micha me beijou no jardim. É por isso que voltamos molhados. Estávamos deitados na grama, nos beijando, e ficamos encharcados com a água dos aspersores.

— Você gostou?

— Como assim?

Seus olhos giram.

— Do beijo.

— Gosto todas as vezes que ele me beija — digo com indiferença. — Mas, ao mesmo tempo, não sei. Meus sentimentos estão em conflito.

— Porque você não sabe o que quer? — ela pergunta.

— Não, acho que sei o que quero — murmuro atordoada com minha própria resposta. — Só não consigo admitir.

Ela diz:

— Acho que você acabou de fazê-lo.

Continuo pensando alto:

— Acho que descobri meus sentimentos aquela noite na ponte...

Enquanto olho para a chuva que bate no para-brisa, minha mente começa a voltar àquela noite.

Ela dá um gole no refrigerante.

— O que aconteceu na ponte?

— Beijei Micha.

Fecho os olhos, mergulhando na lembrança, não da ponte, mas do outro lugar a que fomos naquela noite. Estamos em seu carro, conversando. Ele parece feliz, e eu também.

Ela ri.

— Eu sabia. Eu sabia que ele não era apenas um amigo. Então, conte os detalhes, o que aconteceu depois do beijo.

Meus olhos se abrem com o aumento da chuva na janela, enquanto as imagens daquela noite se afastam da minha mente.

— Nada. Fui para a faculdade.

Ela embrulha o sanduíche e o coloca sobre o painel do carro.

— Você foi embora? Deus, não é de admirar que vocês fiquem se despindo com os olhos. A tensão sexual entre vocês está prestes a explodir.

Tento negar, mas percebo que ela está certa. Quero tanto Micha que às vezes chega até a doer fisicamente. Por outro lado, se dói tanto assim querê-lo, como seria a dor de perdê-lo?

— Falando do diabo... — Ella abre o vidro ao ver o Chevelle de Micha estacionar ao nosso lado. — O que vocês estão fazendo, nos perseguindo, por acaso?

Ethan se inclina no banco do passageiro e grita:

— Como foi que você adivinhou?

Micha está extremamente quieto; começa a ler o cardápio. A garçonete patina até eles e abaixa a cabeça para dentro do

O segredo de Ella e Micha

carro, arrebitando o traseiro. A chuva castiga suas costas enquanto ela anota os pedidos, e depois ri de algo que Micha ou Ethan diz. E isso me irrita. Junto todo o lixo na bandeja, ligo o carro e acelero, assustando a garçonete e as demais pessoas.

Boquiaberta, Lila diz:

— Ella, o que você está fazendo?

— Desculpe — digo envergonhada, e coloco uma gorjeta na bandeja. A garçonete dá um leve sorriso, recolhe a bandeja e patina em direção ao balcão de pedidos.

Micha salta para fora do carro e suas botas vão de encontro às poças. Ele estica as longas pernas e seus longos braços e se apressa até a minha porta. Em seguida, bate com o punho na janela. Suspirando, abaixo o vidro.

Quando ele se agacha, nossos olhos se encontram. Ele descansa os braços sobre a janela.

— Pode explicar o que foi aquilo?

— Um escorregão acidental do pé — digo, mesmo sabendo que ele vai perceber que estou mentindo. — Às vezes, acontece.

— Não com você. — Seus olhos brilham como safiras à medida que gotas de chuva escorrem pelo rosto. — Se quer minha atenção, é só pedir.

— Quero sua atenção — a verdade escapa dos meus lábios, chocando ambos.

Ele me beija na testa, com os lábios molhados.

— Viu? Não foi tão difícil.

— Foi sim — eu me rendo, derrotada. — Mas estou cansada.

— De ser alguém que não é?

— Isso, entre outras coisas.

Ele deixa escapar um suspiro instável e depois se inclina para perto do meu ouvido e diz baixinho:

— Você está pronta para falar sobre isso?

Balanço a cabeça negativamente.

— Ainda não, mas talvez em breve.

— Estarei esperando quando estiver pronta. — Ele chupa suavemente um ponto sensível logo abaixo da minha orelha e sua língua experimenta minha pele antes que ele se afaste.

— Quer apostar uma corrida até em casa? — Ele mexe as sobrancelhas me provocando. — Quem perder, deve um favor ao outro.

Torço o nariz e olho para seu Chevelle.

— Não sou burra o suficiente para acreditar que poderia vencer essa aposta.

Ele ri, sugando o *piercing* para dentro da boca.

— Prometo que vou pegar leve com você.

Um sentimento travesso explode dentro de mim.

— E se eu não quiser que você pegue leve?

Ele fica sem palavras, o que é raro. Seu olhar me invade, e, então, ele me beija. É um beijo rápido, mas chega a roubar meu fôlego.

Capítulo 14

Micha

Acabamos correndo para casa. Deixei-a vencer, apesar de que adoraria ser o vencedor e ganhar favores, o que incluiria muitas coisas sujas para as quais ela ainda não está pronta. Então, agora lhe devo um favor e ela me diz que tem que pensar a respeito; a provocação em sua voz me faz sorrir.

Cada um vai para sua respectiva casa e ela me promete que tentará vir bem tarde da noite. Ella está lentamente voltando a ser a garota que conheço, embora aquela noite ainda assombre seus olhos. Aliás, não tenho certeza de que um dia ela vá superar por completo o ocorrido.

Ainda está chovendo e há relâmpagos para todos os lados, o que significa que a festa vai ter que acontecer dentro de casa. Ethan e eu arrastamos para dentro os engradados molhados contendo as cervejas e os colocamos sobre a mesa da cozinha. Há um bilhete escrito por minha mãe pregado na parede, dizendo que ela vai chegar tarde.

Ethan começa a vasculhar os armários em busca de comida.

— Que banda vai tocar?

— A da Naomi. — Vou para o quarto trocar de roupa e buscar meu violão. — Abra a porta se alguém chegar!

Coloco uma camiseta cinza e uma camisa com listras pretas por cima. Escolho uma calça *jeans* preta e um cinto cheio de detalhes. Em seguida, pego meu violão e mando uma mensagem de texto para Naomi.

Eu: Quando você planeja chegar?
Naomi: Logo. Por quê? Quer nos contar alguma coisa especial?

Eu: Ainda não decidi.

Naomi: Nada de recusar. É uma grande oportunidade.

Eu: Não estou dizendo sim ou não. Até mais.

Quando Naomi me levou aos bastidores do café, inicialmente propôs que eu substituísse o guitarrista e caísse na estrada com eles. No momento, adorei a ideia. Era o que eu sempre quis fazer desde os doze anos, quando tocava com Ethan e Dean na garagem. Mas, depois, voltei a pensar nos olhos tristes de Ella e fui tomado por um monte de dúvidas.

A campainha toca e vou para a sala de estar para começar a festa. Quero ter uma noite bem descontraída. Só isso.

Ella

Quando decido ir à casa de Micha, as coisas já estão ficando fora de controle. Os carros estão estacionados no gramado e as latas de lixo estão viradas. Tem alguém sentado no telhado.

Lila fala para corrermos até a entrada da garagem com os braços sobre a cabeça, para protegermos os cabelos da chuva. Todavia, quando chegamos, tudo está lotado e começo a recuar.

— Pare de ser criança e entre! — Ela diz me dando um empurrãozinho para frente. — Quero ver a garota durona da qual todos falam.

— Não, não, você não quer. Confie em mim — digo-lhe. — Aquela garota era horrível e nunca teria você entre seus amigos.

— Tudo bem, então me mostre um meio-termo. — Ela usa um vestido azul-escuro sem alças, que combina com seus sapatos. Seu cabelo loiro repousa sobre os ombros formando cachos, desmanchados por causa da chuva. — Você pode mudar sem perder totalmente sua identidade.

Afasto-me da multidão em direção a ela.

— Por que nunca conversamos assim antes?

Ela sorri tristemente.

— Porque você nunca deixava.

Ela diz algo mais, porém, a música abafa suas palavras. Sopro a fumaça do meu rosto e passo para a cozinha. Segurando a barra da minha saia preta, vou me desviando no meio da multidão em direção à mesa. Perco Lila de vista por um momento, mas quando a multidão diminui, ela tropeça e pisa no pé de um cara com seu salto alto.

Ela xinga remexendo os cabelos.

— Será que Micha já ouviu falar de uma coisa chamada ar--condicionado?

— Ele deve ter esquecido de ligar! — grito para tentar me fazer ouvir em meio à música alta. — Espere aqui. Vou ligá-lo.

Passo desviando entre a multidão em direção à sala de estar e à banda. A música é ensurdecedora e percebo que Micha está tocando com Naomi. Estão usando o mesmo microfone e ele parece estar se divertindo. Paro no meio da sala e, no meio da multidão, observo-o. Ele está lindo sob a luz, com os cabelos nos olhos enquanto canta suas letras e toca violão.

Passo pela sala e chego ao corredor. Há um casal se agarrando na frente do termostato. A música acalma e, em seguida, recomeça. Delicadamente, sinalizo para que os dois abram um espaço para mim, e eles obedecem sem se desgrudar. Abanando o rosto com a mão, ligo o ar frio. De repente, braços longos abraçam minha cintura e seu cheiro enche meu peito.

— Pensei que você estivesse tocando — grito tentando superar a música, levando a mão ao coração.

— E estava mesmo, mas fiz uma pausa para ver você.

Seu hálito cheira a cerveja. Torço o nariz.

— Você está bêbado?

— Tomei uma cerveja — ele responde. — Estou muito feliz por você ter vindo.

— E por você estar tocando — completo.

Seu sorriso está largo e me faz feliz por um momento.

— É claro que isso também. Vi você me olhando.

Encolho os ombros, concluindo:

— Estou feliz por você estar feliz. Antes, lá no estacionamento, você parecia triste.

Ele toca meu quadril e depois o agarra, enviando calor ao meu corpo todo.

— Estou ainda mais feliz agora que você está aqui.

Encosto na parede e relaxo.

— Sabe que ouvi você usar essa mesma cantada com outras garotas antes?

— Vamos lá, vamos nos divertir — ele implora com certa provocação na voz. — Finja que não conhece nenhum dos meus artifícios.

— Você quer que eu finja ser outra pessoa? — questiono. — Não vive me dizendo o contrário?

O reflexo da luz dança em seus olhos quando se inclina para frente e fios do seu cabelo roçam meu rosto.

— Basta ser a garota que eu conhecia. Aquela que se divertia e ria o tempo todo.

— Aquela garota nunca fingiria isso, por mais que você insistisse.

— Sei disso.

Uma de suas mãos abraça minha cintura e seu corpo se inclina sobre o meu. Olhando da esquerda para a direita, deslizo minhas mãos até seu peito definido e ao redor do seu pescoço. Então, pulo nele, colocando minhas pernas em volta de sua cintura. Sua expressão é calma, mas ele solta algo como um rugido e seus lábios agarram os meus. Meu peito e o dele ficam unidos quando ele empurra seu corpo contra o meu. Nossas línguas se unem, e sentimos um ao outro completamente. Minhas costas ficam pressionadas contra o termostato e a saia mal cobre a parte superior das minhas coxas. Minha cabeça bate na parede quando ele ataca meu pescoço com incontáveis beijos. Minha respiração e pulso aceleram. O que ele está fazendo comigo?

A música para e ouvimos a voz de Naomi nas caixas.

— Micha Scott, volte imediatamente para o palco e toque!

Micha se afasta, sem fôlego.

— Tenho que tocar mais uma música. Depois, nós dois vamos retomar de onde paramos.

Antes que eu possa responder, ele sai do corredor. Tocando meus lábios, vejo-o voltar ao palco, sabendo que, se realmente voltar, não vou conseguir pará-lo dessa vez. Lutando com a perda de controle sobre meu próprio corpo, caminho de volta à cozinha. Lila está ao lado da geladeira, bebendo e conversando com Ethan. Endireitando os ombros, vou até o balcão e sirvo-me uma bebida. Os olhos de Lila e Ethan me observam quando engulo tudo de uma só vez. O álcool queima minha garganta e bato o copo no balcão.

— Quem está a fim de brincar de virar?

***

Duas horas e três doses depois, estou me sentindo muito bem. A banda terminou de tocar e Micha se uniu ao nosso jogo à mesa. Ouve-se *Sail*, do Awolnation, no som ambiente; são letras suaves e o ritmo é sensual, trazendo-me lembranças de outra época.

Jessica Sorensen

— Acho que vou dançar — anuncio aos que estão à mesa.

— Ahá! Eu sabia que, lá no fundo, você gostava de dançar — Lila bate a mão na mesa e soluça. — Oh, desculpem.

Ethan ri como se ela fosse a coisa mais fofinha do mundo.

— Você está chegando ao limite, gatinha?

Lila aperta os olhos maliciosamente para Ethan.

— Não sou a única.

Ele responde dando o troco, mas não o ouço, pois me levanto da cadeira, ansiosa para dançar. Micha me observa curioso conforme abro espaço por entre a multidão. Pessoas que não conheço transpiram muito e, em consequência, o ar cheira a sal. O calor é forte. Quanto mais me aproximo da multidão, mais quente fica. No momento em que estou bem no meio, minha pele fica molhada de suor, e o tecido fino da minha blusa sem alças gruda nas costas.

Há algo sombrio dentro de mim... Sinto como se um espírito maligno estivesse no meu interior prestes a fazer uma aparição grandiosa. Levanto as mãos e balanço o quadril, deixando meus cabelos caírem nos meus ombros e costas. Respiro livremente, como costumava fazer. Quanto mais a música toca, mais relaxada fico. Minha cabeça cai de um lado para o outro, e procuro manter as pálpebras fechadas.

Sinto as pessoas passarem por trás de mim; cheiram a desejo misturado a um aroma de terra e a algo apetitoso.

Micha coloca suas mãos fortes e dominadoras em meus quadris. Quase me derrete, pois espalha seus dedos na minha cintura e pressiona seu corpo contra o meu, querendo o máximo de mim.

— Pensei que você não dançasse mais — ele sussurra com a voz selvagem; seu hálito quente toca cada parte de mim.

Ficamos grudados e satisfeitos, e inspiro aquele cheiro dele que me é tão familiar.

O segredo de Ella e Micha

— Acho que sou mentirosa.

— Mas não era. — Ele ajeita meus cabelos para o lado e consegue que meu corpo e o dele fiquem ainda mais próximos. Através do tecido de nossas roupas sinto o calor que irradia, como se fosse o próprio sol. — Na verdade, você era a pessoa mais honesta que eu conheci.

Inclino a cabeça contra seu peito.

— Sei disso, mas estou trabalhando para voltar a ser assim.

— Bem, fico feliz. — Suas mãos deslizam para meus quadris e não param até chegarem à barra da minha saia. — Não íamos retomar aquilo que começamos no corredor?

Começo a me afastar, mas ele me abraça com mais força, impedindo-me de sair de perto dele. Agora, estamos ligados em todos os sentidos possíveis. Sinto a rigidez do seu peito e o calor que cada parte de seu corpo irradia. Quero gemer.

— Você está me deixando completamente louco, sabia? — Ele sussurra e geme enquanto seus dedos deslizam por baixo da minha saia até minhas coxas. — Quero você, princesa. Muito, muito mesmo.

Micha não está mentindo. Seu desejo está pressionando meu corpo por trás.

Eu deveria impedi-lo... Ele está praticamente com a mão toda dentro da minha blusa. Estamos cercados por um monte de gente, mas me entrego a ele, aconchegando-me em seus braços e deixando que seus dedos subam minha saia. Ele lentamente beija minha pele. Em seguida, seus lábios chupam meu pescoço, degustando-o e levando meu corpo à loucura. Sua outra mão passeia pelo exterior da minha saia e sobre a curva do meu peito. Praticamente me desfaço em seus braços. Sem aviso, eu me viro, escapando do aperto. Mantenho meus braços ao redor de seu pescoço. Seus olhos escurecem quando novamente meu corpo se junta ao dele.

Jessica Sorensen

Minha cabeça cai para trás, permitindo-lhe acesso; coloco meu peso em seus braços magros. Ele me segura com força, beijando meu pescoço, lambendo ao redor, mergulhando cada vez mais enquanto, de novo, sua mão entra sorrateiramente pela barra da minha saia; a palma da mão acaricia a parte de trás da minha coxa.

Ele geme e segura minha nuca com a outra mão; de repente, afasta-se.

— Você bebeu muito?

Olho da esquerda para a direita como se uma resposta estivesse escondida no meio da multidão.

— Não sei.

Ele suspira e passa os dedos pelo cabelo.

— Você está me matando, sabia?

— Sinto muito. — Faço careta.

Ele ri e me leva de volta para a mesa.

— Fique com Lila. Logo me junto a vocês, tudo bem?

— Por quê? Aonde você vai? — pergunto.

Ele esfrega a mão no rosto e solta uma risada ofegante.

— Tenho que ver uma coisa.

Depois de nos separarmos, volto para a cozinha, como ele pediu. Os olhos de Lila são acusadores quando me sento à mesa. Tento não sorrir, mas estou muito embriagada para me conter.

— Olhe só para você — diz Lila. — Toda sorridente.

Começo a dizer alguma coisa, mas localizo Micha conversando com Naomi no meio da multidão. Ela ri de alguma coisa que ele diz e, em seguida, os dois caminham em direção ao corredor que leva ao quarto dele.

Acho que essa era a coisa que ele tinha que ver. Levanto-me da mesa e, sem dizer uma única palavra, saio da casa e vou para a chuva.

Micha

Ella está me matando esta noite. Estou tão excitado que provavelmente vou levar uma hora debaixo de uma ducha fria para me acalmar, e ela está tão bêbada que não posso avançar o sinal. Vou em direção ao meu quarto, para resolver meu problema sozinho, quando Naomi aparece.

Ela acena com o dedo para mim e depois ri.

— Precisamos conversar.

— Eu ainda não decidi! — Tenho de gritar para me fazer ouvir por causa da música.

Naomi me pega pelo braço e me puxa pelo corredor, colidindo com as pessoas que estão no caminho, até que chegamos ao meu quarto. Ela fecha a porta e acende a luz.

— Tudo bem, mas, por favor, explique por que é tão difícil tomar uma decisão sobre algo que você sempre quis.

— Prefiro não falar.

Irritada, ela joga as mãos para cima.

— Não entendo você. Tudo o que sempre falava na escola era que queria tocar com uma banda e cair na estrada.

— Ainda quero fazer isso — digo. — Mas não tenho certeza se posso deixar as pessoas para trás.

Seu rosto relaxa e suas mãos caem para o lado.

— Na verdade, eu entendo isso. Estava preocupada em deixar meu pai sozinho, mas falei com ele e expliquei o motivo. E, quer saber? Ele entendeu.

— Meu problema é mais complicado, Naomi. — Sento-me na cama, desejando que ela vá embora. — Não é só com minha mãe que estou preocupado.

Ela se senta na cama ao meu lado e cruza as pernas.

— É com Ella.

— Droga! Sou tão óbvio assim? — pergunto. — Sempre achei que eu fosse discreto.

Ela bufa e dá uma risada.

— Você nunca foi discreto. E não é só você. São vocês dois. Mas sabe o que mais? Você não pode centralizar sua vida em uma garota. Tem que seguir em frente e viver a vida do jeito que você quer.

Ela não entende.

— Tudo bem, mas não vamos falar disso.

— Como quiser! — Ela ergue as mãos. — Desculpe, não vou mais interferir. Só queria que você pensasse a respeito.

Ela me dá um tapinha no joelho antes de sair para o corredor. Quando a porta se fecha, eu me jogo na cama. Talvez ela esteja certa. Talvez seja hora de deixar Ella para trás.

— Droga! Preciso me resolver.

Meus olhos vagam em direção à casa de Ella. Está escura, exceto por uma luz. O banheiro onde sua mãe morreu. A luz não se acende há oito meses. Por que agora?

Capítulo 15

8 meses antes...

Ella

— Você não vai subir naquela árvore, vai? Fala sério! — Micha me olha com desaprovação no escuro. Ele usa uma calça *jeans* bem sensual que deixa sua bunda gostosa; também usa uma camiseta preta, que fica perfeita nele. — Você vai quebrar o pescoço.

Esfrego as mãos e lanço um olhar bem safado.

— Você sabe quanto adoro um desafio.

Por trás dele a lua brilha, e seu cabelo loiro quase brilha também.

— Sim, mas agora você está um pouco fora de si, e não acho que deva subir em uma árvore.

— Tranquilo! Vou conseguir! — Rejeito o conselho dele e empurro as mangas da minha jaqueta de couro para cima. Ele sempre se preocupa comigo. Gosto disso, o que não significa que sempre o ouço. — Além disso, se meu pai chegar e me pegar, e se acontecer de estar sóbrio, vai me comer viva por eu ter saído e voltado embriagada, especialmente porque, na noite de hoje, eu deveria estar em casa tomando conta da minha mãe.

Segurando-me em um galho forte, tento colocar o pé na árvore. Mas caio no chão e resmungo frustrada. Micha ri, balançando a cabeça enquanto anda atrás de mim.

— Se você quebrar o pescoço, mocinha linda, não é minha culpa — ele adverte.

— Você sabe que o apelido que você escolheu para mim não está certo! — Pego o galho novamente. — Você tem que pensar em um novo.

Ele coloca meu cabelo para o lado e roça os lábios em minha orelha.

— É totalmente apropriado! Você é a garota mais bonita que conheço, Ella May.

No meu cérebro confuso, tento processar o que ele está dizendo.

— Você está tentando brincar comigo?

Ele balança a cabeça.

— Só estou sendo franco. De verdade. Mas não precisa entrar em pânico. Tenho certeza de que você vai esquecer tudo que falamos quando amanhecer.

Balanço a cabeça para cima e para baixo.

— Você deve estar certo.

Ele ri novamente e seu hálito quente faz cócegas na minha orelha; fico com o corpo todo arrepiado. Quase me viro, rasgo sua camisa e enfio a língua em sua boca, mas não quero estragar nossa amizade. Ele é tudo que tenho no momento, e preciso dele mais que do ar. Então, contenho meus sentimentos o mais que posso.

Ele segura firme minha cintura, onde a blusa sobe, tornando a situação um pouco estranha.

— Tudo bem, vou contar até três. Quando eu disser "três", impulsiono você para a árvore. Tenha cuidado. Um... dois... três!

Ele me levanta e dá certo. Consigo fixar-me no tronco para começar a subida. A casca da árvore arranha um pouco a parte de trás das minhas pernas; as palmas das mãos de Micha atuam como um assento para minha bunda, conforme ele me empurra pelo resto do caminho. Isso tudo me faz rir.

O segredo de Ella e Micha

Quando estou lá em cima, ele sobe sozinho. Coloca as mãos na minha cintura e me ajuda a passar da árvore para minha janela. Eu me desequilibro na janela e caio no chão do quarto; ele solta aquela sua risada característica.

— Você vai se arrepender disso pela manhã — Micha diz, ainda rindo. — Vai ter uma dor de cabeça daquelas...

Ajoelho-me junto à janela enquanto ele agarra um galho.

— Ei, Micha! — Entorto o dedo em sua direção e ele vira os olhos, sempre paciente comigo, e volta para o parapeito. Jogo meus braços em volta do seu pescoço. — Você é meu herói. Sabia?

Beijo seu rosto. Sua pele é tão macia... Começo a me afastar, mas ele se vira em minha direção e nossos lábios se unem por instantes. Então, ele recua de vez e não consigo mais interpretar suas expressões ou intenções.

— Tenha lindos sonhos, mocinha linda! — Ele sorri e desce da árvore.

Minha cabeça fica ainda mais confusa quando fecho a janela. Será que ele me beijou de propósito? Espanto o pensamento e luto para tirar meus braços do casaco. A casa está silenciosa, exceto pelo som de água corrente vindo do banheiro. Ando pelo corredor, imaginando que minha mãe, de novo, deixou a torneira da banheira aberta. Ela faz isso às vezes, quando está distraída. A porta está trancada, então eu bato.

— Mãe, você está aí? — chamo.

A água parece zunir lá dentro e noto que o tapete debaixo dos meus pés está encharcado. Fico sóbria de imediato e corro para meu armário para pegar um grampo. Esticando-o, empurro-o na fechadura do banheiro. Após ouvir um clique, abro a porta.

O grito que sai da minha boca poderia destruir a felicidade do mundo em mil pedaços. Mas o silêncio que se segue é suficiente para dissolvê-lo completamente.

Micha

— Por que você está tão feliz esta noite? — minha mãe pergunta quando entro em casa.

— Estou feliz como sempre — junto-me a ela na mesa da cozinha e roubo um biscoito de um prato.

Ela tira os óculos e esfrega as laterais do nariz. Há uma calculadora, um talão de cheques e um monte de contas empilhadas a sua frente.

— Não, não. Faz tempo que não o vejo sorrir assim.

— Só tive uma noite muito boa. — Tiro a carteira do bolso e entrego-lhe duas notas de vinte e uma de cem dólares. — Veja, isso é o que recebi por trabalhar o fim de semana na oficina.

Minha mãe balança a cabeça e joga o dinheiro para mim.

— Micha Scott, não vou tirar dinheiro do meu filho.

Eu o jogo em cima das contas e afasto-me da mesa.

— Ah, sim, você vai aceitá-lo. Quero ajudar.

— Micha, eu...

— Pare de discutir e aceite, minha jovem — aviso num tom bem-humorado.

Ela suspira, derrotada, e pega o dinheiro.

— Você é um bom filho, sabia?

— Fui ensinado a ser. — Quando me volto para seguir para meu quarto, ouço um grito vindo de fora. Volto para a cozinha. — Você ouviu isso?

Os olhos da minha mãe estão arregalados quando ela se volta em direção à porta dos fundos.

— Acho que veio da casa dos Daniels.

Bilhões de possibilidades diferentes invadem minha mente quando corro para fora, pulo a cerca e sigo como um foguete para a casa de Ella.

O segredo de Ella e Micha

— Ella!

A casa está tranquila, exceto pela água que jorra escada abaixo. Subo os degraus como um raio.

— Ella...

Sinto um tremendo calafrio no corpo. Ella está em pé junto à porta... E sua mãe está na banheira cheia de água vermelha que se espalha por todo o chão.

— Ella, o que aconteceu?

Ela hesita, mas depois se volta para mim. Suas pupilas estão enormes e a expressão em seu rosto vai me assombrar para o resto da vida.

— Acho que ela se matou — responde de forma entorpecida e estende suas mãos, que estão manchadas de sangue. — Verifiquei o pulso dela... Ela está sem pulso...

Pego meu celular e ligo para a polícia. Quando desligo o telefone, Ella cai em meus braços e fica ali, imóvel, até a chegada da ambulância. Não chora. Aliás, mal respira, e isso quase me mata, porque não posso fazer nada para ajudá-la.

Capítulo 16

Atualmente

Ella

Não sei por que estou aqui. Comecei a correr na rua com tanta adrenalina que senti como se meu peito fosse explodir. A chuva caía, e eu só conseguia pensar em me distanciar o máximo possível da casa de Micha, mas minha mente, não sei como, me obrigou a voltar.

Minhas roupas ensopadas da água da chuva molham o chão do banheiro, que ainda está manchado do vermelho do sangue dela. Sento-me e abraço os joelhos contra o peito, olhando para a banheira.

Algo morreu em mim quando a encontrei, mas não sei exatamente o quê. Talvez minha alma. Naquela noite, eu estava tão determinada a ir àquela festa estúpida que a deixei sozinha em casa, embora meu pai houvesse confiado em mim para tomar conta da minha mãe.

Havia uma única e simples regra: ficar de olho nela. Mas nem disso fui capaz.

— Ella, o que você está fazendo aqui?

Parado na entrada, Micha me observa; com as roupas e cabelos encharcados pela chuva.

Abraço meus joelhos contra o corpo e aperto os olhos fechados.

— Eu o vi indo para o quarto com Naomi.

— Tudo bem... — Ele parece confuso. — Mas, por que está chateada?

O segredo de Ella e Micha

— Não importa — retruco. — Nada disso importa.

— É claro que importa! — Micha senta-se ao meu lado e envolve seus joelhos com o braço. — Caso contrário, você não estaria aqui.

— Você está certo, é verdade. — Passo o dedo entre as rachaduras do azulejo. — Não quero que você fique com Naomi.

— Ei, espere! Você acha que eu e ela estamos juntos?

— Não é o que você normalmente faz quando leva uma garota para seu quarto?

— Naomi e eu só estávamos conversando — ele murmura baixinho. — E eu não levo uma garota para meu quarto há meses.

Ouvi-lo falar assim faz com que eu me sinta melhor e começo a encarar o inevitável. Posso dominar tudo que quiser e tentar me fechar completamente, mas meus sentimentos por Micha sempre vão estar lá; eles me controlam.

— Sabe, tomei um baita susto naquela noite. — Ele diz com os olhos fixos na banheira. — A maneira como você me olhou quando a encontrei... Nunca mais quero ver aquela expressão nos seus olhos, aquele vazio.

— Foi culpa minha. — Deixei escapar o que me oprimia o peito. — Eu tinha que cuidar dela naquela noite. Mas, egoísta, achei que aquela festa chata era mais importante.

Micha vira minha cabeça em direção a ele e me olha nos olhos, para que eu veja que tudo que ele diz é verdade.

— Você não é egoísta. Você tinha dezessete anos e cometeu um erro, assim como todas as pessoas de dezessete anos.

— Ela morreu por causa do meu erro. — As palavras arranham minha garganta. — Se eu tivesse ficado em casa, que era o que eu tinha de fazer, ela não teria morrido.

— Você tem que superar — diz Micha com a voz forçada. — Não pode continuar se culpando por algo que estava fora do seu alcance.

— Ah, como eu gostaria de voltar no tempo e tentar de novo... — As lágrimas ardem nos meus olhos. — Quero tentar de novo.

Micha cobre minha mão com a sua.

— Acho que você precisa conversar com alguém sobre isso. Caso contrário, vai assombrá-la para sempre.

Engulo as lágrimas e solto minha mão da dele.

— Acha que estou ficando louca?

Ele se ajoelha na minha frente, segura meu rosto e me força a olhar o dele.

— Olhe para mim. Ninguém pensa que você está louca. Você é forte, mas já passou por um monte de coisas na vida e pode precisar de alguma ajuda para trabalhar todas essas emoções.

— Acho que estou mais enrascada do que você imagina — concluo. — Não consigo nem me olhar no espelho.

— Isso sim parece loucura! — Ele retira o cabelo que cobre meu rosto e dá uma boa olhada em mim — Você é linda!

Balanço a cabeça lentamente.

— Não é isso. É outra coisa. É como se, ao olhar no espelho, visse o que está realmente dentro de mim.

— E o que está aí dentro não é ruim.

— É sim! Se você soubesse a verdade, não ia querer estar comigo.

Micha me avalia de perto, e então me puxa pelos braços para que eu fique em pé.

— O que você está fazendo? — Pergunto enquanto ele, segurando meus ombros, me leva até o espelho do armário de remédios.

Estremeço ao ver a garota que me encara; grandes olhos verdes, cabelos molhados grudados à cabeça, e rímel escorrendo pelo rosto. Começo a recuar, mas ele me mantém no lugar e me obriga a me olhar com atenção.

Seus olhos azuis-piscina fitam meu reflexo.

— Quando a vi naquela noite, eu me senti completamente impotente, sem saber o que fazer. Adorava poder ajudá-la; se você caísse do telhado e precisasse ir ao hospital, ou se necessitasse ajuda para subir em uma árvore... Sempre tive isso comigo, desde que éramos crianças. Adorava cada segundo ao seu lado. Mas, naquela noite, não havia absolutamente nada que eu pudesse fazer para ajudá-la. Nunca mais quero me sentir assim. — Ele respira fundo e solta o ar aos poucos. — Eu amo você, Ella May, e nada vai mudar isso. Nada. Pode me afastar, fugir, mas ainda assim vou amá-la.

Lágrimas quentes caem dos meus olhos e rolam por meu rosto. Meus ombros começam a tremer quando me volto para ele e escondo o rosto em seu peito. Ele me abraça pela cintura e me levanta. Meus braços e pernas prendem-no como se ele fosse minha tábua de salvação; e talvez seja mesmo.

Ele me leva para meu quarto enquanto continuo a chorar; deita-se comigo na cama. Está escuro, e a música que toca em sua casa adentra minha janela, que está aberta. Choro copiosamente e coloco a mão no peito de Micha, sentindo seus batimentos. Choro todos os sentimentos que mantive represados anos a fio, até que, finalmente, meus olhos secam.

E consigo respirar de novo.

Micha

Acordo cedo em estado de pânico. Ella está dormindo em meus braços. Seus olhos estão inchados de tanto chorar, e ela está agarrada a mim como se eu fosse tudo para ela. É o que eu sempre quis, mas algo dentro de mim parece não estar resolvido; e preciso dar um jeito nisso antes que nosso relacionamento fique mais forte. É isso, é de alguém forte que Ella precisa. Porém, enquanto eu não encarar o que me atormenta, não posso ser isso para ela.

Mas vou ser.

Com cuidado, levanto sua cabeça do meu ombro e saio do quarto em silêncio. O pai dela está roncando no sofá. Há uma garrafa quebrada no chão da cozinha, e a porta dos fundos está aberta. Coloco-me em um lugar seguro e, em seguida, pulo a cerca. Meu quintal é uma verdadeira lixeira, com garrafas de cerveja e pontas de cigarro. O carro da minha mãe está estacionado na entrada da garagem.

O interior da casa está igualmente uma bagunça, e me sinto inútil por não ajudar minha mãe com a limpeza; mas se eu não for agora, vou recuar. Então, corro para meu quarto, onde Ethan está desmaiado na minha cama, com pernas e braços pendurados para o lado. Ele ainda está com as roupas de ontem à noite e o quarto inteiro cheira à bebida barata e cigarro.

Enfio algumas roupas em uma mochila e pego minhas chaves, que estão na cômoda.

— Para onde você está indo? — Ethan se levanta da cama esfregando os olhos.

Ponho a mochila no ombro.

— Vou fazer uma viagem curta. Volto em poucos dias.

Ele boceja.

— Vai sozinho?

— Sim. É algo que tenho que fazer sozinho.

Ele reflete.

— Vai ver seu pai, né?

O segredo de Ella e Micha

Deixo escapar um suspiro alto.

— É isso aí, cara, mas não conte nada. Tudo bem?

Ethan concorda.

— Tudo bem, se é isso que você quer que eu faça.

— É — abro a porta. — Ah, e ajude minha mãe com a limpeza... E fique de olho em Ella.

Ethan se joga na cama.

— Deixa comigo, cara! Deixa comigo!

Pego minha carteira e saio do quarto, imaginando quem serei ao voltar.

Ella

Acordo e vejo que a cama está vazia, mas tento manter a calma. Envio uma mensagem de texto para Micha e pergunto onde está, porque sei que há uma explicação.

— Com certeza não é nada ruim — concluo.

Mas sinto algo dentro de mim.

Coloco *shorts* e uma camiseta regata e desço as escadas para ir direto à casa de Micha, mas Dean, Lila e uma moça de cabelos pretos e curtos estão na cozinha, à mesa, cada um com sua caneca de café. Há uma caixa de rosquinhas na bancada e alguém já levou o lixo para fora e lavou os pratos.

— Ah, meu Deus, é um grande prazer finalmente conhecê-la!

A menina de cabelos pretos se levanta e vem ao meu encontro no meio da cozinha.

— Igualmente! Acho que...

Ela estende a mão para mim e eu a aperto, olhando para Lila e depois para Dean.

Dean se levanta e sacode as migalhas da frente de sua camisa totalmente abotoada.

— Ella, esta é minha noiva, Caroline.

Minha boca forma um "O". Ela não é como eu imaginava; baixa e magra, de pele bronzeada e cabelos ondulados na altura dos ombros. Usa um colete sobre uma camiseta e está com uma calça *jeans* preta. Tem uma tatuagem de borboleta no pulso e vários *piercings* nas orelhas. Imaginava que fosse mais conservadora e careta, levando em conta a aparência do meu irmão.

— Dean me falou muito sobre você — ela diz com um sorriso sincero. — E estou feliz porque, finalmente, tenho um rosto para acrescentar às histórias que ele vive contando.

Olho para Dean e minhas sobrancelhas se arqueiam.

— Histórias, hein? Eu adoraria ouvir essas histórias...

Ela não esquece de nada.

— Sei que você gosta de desenhar e que adora carros. Ele também disse que você estuda na Universidade de Nevada, em Las Vegas, o que é o máximo, pois foi lá que estudei.

— Incrível, pois eu achava que você nem sabia onde eu estava — digo a Dean.

Inquieto, ele se mexe.

— Papai me falou a respeito uma vez; durante uma conversa rápida, de uns cinco minutos... De qualquer maneira, Ella, não tem nada demais eu falar com minha noiva sobre minha irmãzinha.

— Mais ou menos. — Minha voz transmite um significado implícito que só ele vai entender. — Considerando todos os fatos...

Dean solta um ruído por entre os dentes cerrados.

— Ella, não vá começar. Ainda é muito cedo!

Caroline olha para Dean, depois para mim, e novamente para Dean.

— Você não estava mentindo. A relação de vocês não é muito intensa.

O segredo de Ella e Micha

Pondo fim à conversa, pego o cabelo, faço um rabo de cavalo e me sirvo café. Deliciando-me com o aroma, olho para a janela e observo que o carro de Micha não está na casa ao lado.

— Onde ele se meteu? — murmuro só para mim.

De repente, sou puxada pelo braço para fora da cozinha.

— Ei — protesto, pois o puxão faz com que eu derrame o café quente no meu pé. — Qual é seu problema?

— Olhe! — Dean fala sério quando entramos na sala de estar. — Eu não a convidei para vir aqui. Ela só apareceu para me fazer uma surpresa.

— Então, você não a quer por aqui?

Tomo um gole do café, escondendo que estou me divertindo. Muito tenso, ele esfrega a nuca.

— Há coisas que ela ainda não sabe sobre mim, e não me acho pronto para me abrir com ela.

— Você falou a meu respeito para ela.

— Mas não sobre papai. E nem sobre mamãe.

Coloco o copo na mesa e limpo o café do meu pé com uma toalha.

— Tudo bem. Mas o que você vai fazer?

— Você poderia sair com ela durante o dia, levá-la para passear, enquanto arrumo meu quarto? — Ele pede. — E aí, posso tirá-la daqui até amanhã de manhã.

— Você deveria simplesmente lhe contar a verdade. — Jogo a toalha no sofá. — Evitar o problema só vai ser pior para você mesmo.

Ele faz uma cara de chateado.

— Olha quem fala.

— Sei muito bem, e estou trabalhando nisso. — Minha voz treme um pouco; pigarreio.

O rosto de Dean enrubesce.

— Você poderia apenas mantê-la ocupada?

— Acho que sim — dou de ombros. — Mas, aonde quer que a leve?

— Dar um passeio em volta do lago, qualquer coisa — ele diz. — Não me importo com nada, contanto que você a mantenha longe daqui.

Pego meu café e volto para a cozinha, enquanto ele sobe para terminar a arrumação.

— Ei, Ella — ele chama do início da escada. — Você está diferente hoje, mais feliz!

Esboço um sorriso tímido e me afasto, tentando imaginar o que está diferente.

Capítulo 17

Micha

Da estrada, liguei para meu pai e peguei o endereço. Ele tentou falar um pouco comigo, mas desliguei na cara dele. Confrontá-lo para ficar por cima não é algo que farei por telefone.

Ele vive a cerca de duas horas de distância, o que me irrita. Duas horas de distância e ele nunca me visitou. Quando paro o carro em frente a sua casa, quase quebro o volante ao meio. Ele mora em uma mansão de tijolos brancos. São dois andares. O bairro é agradável, com casas enormes e pessoas passeando com seus cães pela calçada. Não há tráfico de drogas, ou brigas, ou carros velhos estacionados.

Sento no meu carro e olho a porta vermelha com um grande "Bem-vindo" pendurado. Há flores na frente do jardim, e a grama é verde e aparada. É por isso que ele nos deixou? Sim, porque ele queria uma vida mais cheia de pompa. Mas, afinal, por que ele não podia ter essa vida conosco?

Meu celular toca no bolso e o desligo. É Ella, mas não dá para falar agora.

A porta da frente se abre e um homem na casa dos quarenta anos sai para a varanda. Seu cabelo é da mesma tonalidade de loiro que o meu, porém, mais fino. Veste um terno preto e parece um idiota arrogante.

Apanha o jornal do chão e olha de esguelha para meu carro, saindo às pressas da varanda. Mentalmente conto até dez, retiro as mãos do volante e saio do carro. Ele me reconhece imediatamente e seu rosto empalidece.

— Micha? — Ele coloca o jornal debaixo do braço. — É você? Respiro fundo e atravesso o gramado da frente.

— Nem sei por que vim.

— Por que você não entra para que possamos conversar? — ele sugere.

Sigo-o até a casa, que é ainda mais elegante no interior; carpete de madeira, um lustre enorme e paredes pintadas recentemente, com fotos da família dele.

— Você tem uma família?

Ele joga o jornal sobre uma mesa e acena para que eu me sente na sala de estar.

— Sim, uma filha de doze anos e um filho de oito.

Sentindo-me estranho, sento-me onde há almofadas cheias de babados. Ele se senta a minha frente, parecendo não ter ideia do que fazer ou dizer a seguir.

— E então, como você está?

— Ótimo.

Há um grande quadro na parede com uma fotografia dele e da esposa, tirada em uma igreja, no dia do casamento deles. Olho atentamente para a foto e faço os cálculos.

— Há quanto tempo você se casou de novo?

Ele fica desconfortável ao se inclinar para trás na cadeira. Cruza as pernas, colocando um pé sobre o joelho.

— Micha, olhe, prefiro não entrar nessa.

— O que você fez? Fugiu de nós e se casou com a primeira pessoa que encontrou?

A raiva é evidente na minha voz. Ele desvia o olhar para a janela e eu entendo tudo.

— Você já estava ficando com ela enquanto era casado com mamãe, não é mesmo?

Ele me olha novamente; seus olhos são exatamente como os meus.

O segredo de Ella e Micha

— Veja, Micha, havia coisas acontecendo entre sua mãe e eu... coisas que você não entende... e eu não estava feliz.

— Também havia coisas acontecendo entre mim e você — falei rapidamente. — Então, qual é sua desculpa?

Ele esfrega a mão no rosto e solta um suspiro de cansaço.

— Sinto muito.

Fecho os punhos, lutando contra a compulsão de saltar do sofá e estrangulá-lo.

— Sente muito? Que grande resposta, seu imbecil!

Ele pega uma pasta de documentos da gaveta de uma mesa lateral e a joga sobre a mesa de centro entre nós.

— Seu avô deixou-lhe algum dinheiro em testamento.

Meus olhos passam da pasta para meu pai.

— É por isso que você me fez entrar?

Ele abre a pasta e retira uma pequena pilha de papéis.

— Pensei que talvez você pudesse utilizá-lo para cursar uma universidade ou algo assim. Isso seria bom, o que acha?

Balanço a cabeça.

— Não vou para a universidade, e você entenderia minha posição se me conhecesse após meus seis anos de idade.

Ele espalha os papéis por toda a mesa e coloca uma caneta ao lado deles.

— Por favor, apenas pegue o dinheiro, Micha. Quero ter certeza de que você está amparado; caso contrário, isso vai me perseguir para sempre.

Paro um pouco.

— Você está pensando em nunca me ver novamente? — O silêncio dele me dá a única resposta de que preciso. — Eu não quero seu maldito dinheiro! — Jogo os papéis na direção dele e saio furioso. — Dê a um de seus filhos de verdade!

Ele não me chama quando saio e nem vem atrás de mim. Vou direto para o carro, ficando mais e mais furioso a cada passo, e dou um soco na janela do lado do motorista. Ela não quebra, mas as articulações de dois dos meus dedos estalam.

— Droga! — grito segurando a mão, e uma senhora do outro lado da rua, que está cuidando do jardim, corre para a segurança do interior de sua mansão.

Entro no carro e acelero pela estrada sem nenhuma ideia de destino.

Capítulo 18

Ella

Micha não manda resposta à mensagem de texto que enviei, e isso está me corroendo por dentro. Preciso descobrir onde ele está, mas Caroline está dificultando as coisas. Ela é fotógrafa e quer tirar fotos dos diferentes pontos e vistas da nossa cidade. Para começar, levo-a ao lago, porque fica na parte mais ensolarada da cidade. Tenho que parar o carro em cada acostamento para que ela consiga os mais variados ângulos. Quando chegamos à ponte, ela fica muito entusiasmada e faz questão de mais fotos.

— Uma ponte sempre tem muita história! — ela exclama. — E provavelmente traz um monte de lembranças às pessoas.

Será que Caroline é adivinha na pele de fotógrafa?

Uma nuvem de poeira fina nos rodeia no momento em que freio e estaciono o carro à beira da ponte. Ela salta com a bolsa da câmera fotográfica no ombro. Lila e eu caminhamos atrás dela, tentando curtir um pouco, mas paro na linha que separa a estrada da ponte.

— Então, essa é a ponte? — Lila pergunta olhando para mim através dos óculos de sol.

Fico olhando para o exato local onde Micha e eu passamos um tempo nos beijando na chuva.

— Sim, essa é a ponte.

Sinto uma espécie de tremor. Salto para o concreto e caminho até a grade. Segurando-me na barra metálica, olho para o lago, que brilha à luz do sol, muito mais que naquela noite chuvosa.

Jessica Sorensen

Caroline faz suas fotografias, pegando todos os ângulos do lago, enquanto Lila caminha bem devagar até a outra margem. O vento sopra em meus cabelos e fecho os olhos, lembrando-me daquela noite. Eu estava limpando o armário de remédios da minha mãe na manhã daquele dia, quando encontrei o frasco de comprimidos que ela tomava para manter seus delírios sob controle. Ficava me perguntando se funcionavam e como faziam que ela visse a vida. E, então, peguei um para experimentar. Em seguida, fui a uma festa com Micha.

Logo que entrei no carro, ele sentiu que algo não estava bem comigo e disse: "Você parece estar em outro mundo! Talvez seja melhor ficarmos em casa hoje à noite".

Balancei a cabeça e fiz um sinal para ele ligar o carro. Com expressão preocupada, ele dirigiu até a festa, mas praticamente não desgrudou de mim a noite inteira; parecia um cachorrinho. Normalmente, eu não me importaria com isso, mas estava ansiosa com o desejo de descobrir o que minha mãe andava pensando. Então, quando Micha ficou entretido com uma garota, encurralei Grantford e pedi que me levasse até a ponte. Ele ficou todo feliz, achando que conseguiria alguma coisa comigo.

Quando chegamos à ponte, estava chovendo muito. Agradeci-lhe educadamente e disse que podia ir embora. Ele ficou irritado e começou a gritar, perguntando-se por que havia feito minha vontade me levando até lá.

Ignorei-o e bati a porta, saindo debaixo da chuva. Ele se afastou da ponte, os pneus de sua caminhonete espalharam cascalho e lama em minhas botas. Fui até a grade e subi no meio-fio, observando a água através do véu da chuva. Mas a grade não estava perto o suficiente, então, subi na viga, da mesma maneira como lembrava ter feito a minha mãe.

O segredo de Ella e Micha

Ainda não fazia sentido eu ter feito isso, pensar que conseguia voar. Acho que nunca vou entender isso...

Espanto minhas lembranças e me concentro em Caroline, que ainda está tirando fotos, com as lentes de longo alcance perto do meu rosto.

— Você está sempre distante nos pensamentos — comenta e clica novamente. — E fotografa bem.

Balanço a cabeça.

— Não. Não estou não. Não é verdade.

Ela tira outra foto e distancia a câmera.

— Como fotógrafa, tenho um olhar diferente para tudo. Acho que isso me faz ver as pessoas de outra maneira, de uma forma mais clara.

— Como um espelho?

— Sim, algo do tipo.

Ela vira a objetiva para o lago e começa a tirar mais fotos. Recosto o corpo na grade e verifico minhas mensagens. Só tenho uma; é a mensagem de voz de Micha, enviada há algumas semanas. Decido que talvez seja a hora.

Clico na mensagem e coloco o celular junto ao ouvido.

"Ei, Ella, é Micha", ele diz, nervoso, como se fosse outra pessoa, e suspira. "Desculpe, comecei a conversa de um jeito bem idiota. Finja que não ouviu isso."

Consigo dar um leve sorriso. Depois do suspiro, ele parece ser o mesmo.

"De qualquer forma, estou meio triste com você. Puxa, você saiu e não disse nada, não ligou..." Faz uma pausa e consigo ouvir Ethan ao fundo. "Na verdade, estou superchateado. Nem sei o que dizer. Você caiu fora depois de tudo que aconteceu entre nós. Consegue imaginar como fiquei louco, querendo saber onde você estava ou até mesmo se estava viva?"

Meu coração se aperta. Nunca o ouvi tão magoado.

"Você abandona todo mundo, é isso. As pessoas precisam de você, mesmo que ache que não. Grady está doente, tem câncer e..." Ele respira fundo, mas parece hesitar. "Eu ainda a amo... não sei mais o que dizer... talvez não tenha mais nada para falar... você não me liga de volta."

Ouço um clique. É o fim da mensagem. Não é o que eu estava imaginando. Nunca havia olhado as coisas da perspectiva dele, como deve ter ficado preocupado. Envio-lhe outra mensagem de texto, mas, novamente, ele não responde.

***

Passa-se uma semana inteira e nada de Micha. Ele não vai me ligar nem responder as minhas mensagens. As ligações vão direto para a caixa postal. A mãe dele não tem ideia de onde possa estar; e agora já começa a ficar realmente preocupada.

Desde que voltei da ponte, imagens breves passam por minha cabeça; imagens daquela noite quando Micha me pegou. Algo indescritível aconteceu naquela noite, não com ele, mas comigo.

Sentada na varanda, olhando para a garagem vazia de Micha, chego à conclusão de que é hora de investigar a fundo o que está acontecendo com ele. Só há uma pessoa em quem consigo pensar, uma só que talvez saiba onde ele está. Ethan. E preciso de ajuda.

— O que estamos tentando saber sobre ele? — Lila pergunta enquanto dirijo até a loja onde Ethan trabalha.

— Onde Micha está — digo a ela, colocando o carro em ponto morto. — Acho que Ethan pode saber.

Ela franze a testa ao ver a porta da garagem aberta. Ethan está atrás de um carro no qual está trabalhando, atirando uma

O segredo de Ella e Micha

chave de fenda para cima e pegando-a como se fosse uma bola de beisebol.

— Mas, por que estou aqui?

— Porque você pode me ajudar.

— E o que exatamente você quer que eu faça?

— Ainda não sei ao certo.

Mordo a unha, avaliando a situação.

Ethan veste um belo *jeans* e uma camisa xadrez; não suas roupas de trabalho. Ou seja, ele pode sair se quiser, e provavelmente sairá, tornando isso o mais difícil possível. Especialmente se Micha lhe houver dito para não me contar.

Ele inclina a cabeça para trás e ri de algo que seu pai disse. Então, seus olhos veem o carro do meu pai, um Firebird, e sua expressão muda. Quando abro a porta, ele joga a ferramenta para baixo e corre pela oficina. Corro pelo cascalho e largo a porta da frente aberta, deixando Lila para trás.

Sentada atrás do balcão está a sra. Gregory, mãe de Ethan, com os mesmos cabelos escuros e olhos castanhos do filho. Ela rapidamente desvia a atenção da revista que estava lendo; seus olhos brilham.

— Ella, é você? — Levanta-se e contorna o balcão para me dar um abraço. — Não sabia que você havia voltado, querida!

— É, voltei para as férias de verão. — Olho de relance para a loja inteira. — Ethan está?

Ela aponta por cima do ombro.

— Ele voltou correndo para o depósito. Quer que eu vá buscá-lo?

— Tudo bem se eu for lá? — Peço com carinho.

— Claro, lindinha!

Ela se coloca de lado para que eu passe.

O depósito tem filas e mais filas de prateleiras com peças para carros. É calmo, escuro, e a pia parece ter um pequeno vazamento.

Jessica Sorensen

— Ethan — chamo fechando a porta atrás de mim com cuidado. — Eu sei que você está aqui.

Ouço uma confusão na diagonal de onde estou. Corro pelo corredor dos pneus, espiando por entre as prateleiras, e o pego correndo para outra direção. Deslizo para trás, na esperança de pará-lo perto da porta.

— Ethan, que tal fazer o favor de falar comigo? — Minha voz ecoa. Olhando à esquerda e depois à direita, saio do corredor. — Olha, sei que ele contou para você aonde foi. Então, por favor, diga-me... Ou, pelo menos, me diga se ele está bem...

De repente Ethan aparece, vindo de um corredor não muito distante.

— Ele pediu para eu não contar a você.

Aperto os lábios, como se um inseto houvesse picado meu coração.

— Preciso saber. Estou preocupada com ele.

Ele apoia o cotovelo na beira de uma prateleira.

— É isso aí. Agora você sabe como ele se sentiu nos últimos oito meses.

A sensação dolorosa da realidade cala dentro de mim.

— Por favor, eu imploro, diga onde ele está. Não saber do paradeiro dele está me matando.

Ele me dá uma olhada, como se estivesse testando minha sinceridade.

— Ele foi ver o pai.

Meu queixo quase cai no chão.

— Quando ele descobriu onde o pai está?

Ethan suspira e se apoia na prateleira.

— Ele começou a ligar para a casa de Micha algumas semanas atrás, pedindo para falar com ele. Micha não quis falar com ele, mas depois, há alguns dias, finalmente decidiu que era hora de ir vê-lo.

O segredo de Ella e Micha

— Ele ainda está com o pai? — pergunto.

Ethan hesita.

— Não... Digamos que a visita não foi lá muito bem.

Sinto um nó na garganta.

— Ele está bem?

— Não tenho certeza... estava com alguns de nossos velhos amigos lá em Farrows Park quando falei com ele da última vez.

— Será que ele volta?

— De novo, não tenho certeza.

Sento no chão frio de concreto e coloco as mãos na cabeça.

— Por que ele não me contou?

Ethan bufa alto e senta-se ao meu lado.

— Porque ele não queria que você se preocupasse com os problemas dele. Você já tem os seus. Ele se preocupa com você o tempo todo. É até meio chato. — Levanto a cabeça e olho para ele de cara feia. Ele ri e me dá uma cotovelada. — O quê? Sou o único que ficou ouvindo ele falar de você nos últimos oito meses. Um dia quase cortei as orelhas fora só para não ter que ouvi-lo!

Dou um tapinha no joelho dele.

— Finja o que quiser. Você não é um cara tão mau como quer que as pessoas pensem.

Ele entende o significado das minhas palavras.

— Sim, sim, diga o que quiser, mas, no fundo, sou apenas um cara insignificante para você, como qualquer outro cara.

Rindo, nos levantamo e vamos para a loja, onde há um homem esperando no balcão. Ethan me acompanha até a porta e, ao olhar para fora, vê Lila sentada no capô do meu carro; ela está olhando o relógio.

— E aí, o que é que você vai fazer? — Ele pergunta quando já estou na calçada.

— Ainda não sei ao certo — respondo. — E duvido que você me diga onde é a casa em que ele está hospedado.

— Acho que não seria uma boa ideia você ir lá. Ele precisa de um tempo para pensar. — Ele puxa uma lista toda amassada de um de seus bolsos. — Tenho que voltar aos clientes.

Encontro Lila, e ela desce do capô.

— Ele disse alguma coisa?

Entramos no carro e rapidamente lhe conto os detalhes vagos sobre o que aconteceu.

— Então, aonde vamos agora? — Ela pergunta afivelando o cinto de segurança.

A luz do sol brilha no para-brisa e nos meus olhos.

— Vamos para casa.

***

Passam-se mais alguns dias e nenhuma notícia de Micha. O tempo parece se arrastar. Fico confusa ao perceber quanta falta sinto dele, mas faço todo o possível para me manter ocupada. Não quero ser tragada pela solidão e pela preocupação.

Dean e Caroline foram para casa há cerca de uma semana. Caroline me contou que voltariam para uma visita antes de o verão terminar. Caso contrário, iríamos nos rever no casamento, marcado para outubro.

Lila passa o dia fora com Ethan. Não para namorar, como ambos insistiram quando forcei o assunto. Meu pai está trancado em seu quarto. Teve uma noite difícil e andou brigando. Denny ligou às 2 horas pedindo que eu fosse buscá-lo. Decido dar um tempo fora de casa. Olho meu pai, que está dormindo, e então dirijo até a casa de Grady. O carro de Amy está estacionado na frente do *trailer*. A porta da casa está escancarada e, como venta um pouco, ela balança.

Desço do carro no exato momento em que ela sai da casa com uma bolsa no ombro e uma caixa com algumas coisas de Grady nos braços.

Temo que o pior tenha acontecido.

— Está tudo bem?

Ela suspira e apoia a caixa no quadril para que, com a mão livre, possa abrir a porta do carro.

— Ele pegou uma pneumonia forte e foi levado para o hospital em Monroe.

Para ajudar, coloco a mão no porta-malas.

— Ele está bem?

Balançando a cabeça, ela coloca a caixa no assento e bate a porta com o quadril.

— Ele já está lutando contra o câncer. Isso só piora as coisas.

— Preciso ir vê-lo — murmuro, e caminho em direção ao meu carro.

— Ele não pode receber visitas, agora, Ella — diz Amy com empatia. — Seu sistema imunológico está muito baixo.

Franzo a testa.

— Você me avisa quando ele puder receber visitas?

Ela sorri timidamente, mas há algo em seus olhos que não me agrada.

— Ah, sim, querida. Eu aviso.

Quando recuo da entrada da garagem, observando-a trancar a porta, sinto-me impotente e fora de controle. Quero fugir, voltar para Las Vegas ou para qualquer outro lugar igualmente longe, para não me sentir assim.

Mas não fujo.

***

Tento não me preocupar muito com Grady, mas não consigo parar de pensar nele. Será que está em uma cama de hospital com paredes esterilizadas? Ou será que Amy levou uma caixa contendo material para esterilizar as paredes?

— Que música é essa? — Lila está deitada de bruços na minha cama, folheando uma revista.

— É *Black Sun*, de Jo Mango — respondo apontando um dos meus lápis de carvão no lixo do quarto.

— É triste. — Ela franze a testa, colocando a mão no queixo. — Fico com vontade de chorar.

— É uma boa canção para desenhar.

Volto para meu desenho no assoalho. As linhas escuras formam pedaços de um espelho quebrado e começo a delinear a imagem de um violão dentro de um deles. Quando terminar, cada peça terá alguma coisa representando minha vida, mas pode levar um bom tempo para tudo ficar pronto.

Lila levanta bem a cabeça e olha para a janela.

— Você ouviu?

Há gritos vindos de fora, e são tão altos que se sobrepõem à música.

Sombreio um dos cantos com meu dedo mínimo.

— Provavelmente são os vizinhos. Só isso.

A gritaria fica mais alta, e Lila, nervosa, senta-se e abre a cortina.

— Ella, um homem e uma mulher estão na maior briga bem na frente da garagem!

Deixo meu lápis de lado e vou até a janela. Lá estão um homem baixo e gordo e uma mulher alta e magra. Estão gritando um com o outro quase no meu jardim.

— Esses são os Anderson — explico. — Sempre fazem isso.

— Não é melhor darmos um basta nisso? — Lila indaga com profunda preocupação. — Ele pode machucá-la.

— Pode deixar que cuido disso — afirmo. — E você, fique aqui.

Desço as escadas descalça, vestindo apenas uma bermuda e uma blusinha regata. Quando abro a porta, os Anderson já não estão mais na rua.

O segredo de Ella e Micha

A letra e a música de *Behind Blue Eyes*, do The Who, estão explodindo no quarto de Micha, na casa ao lado. É uma canção triste, do tipo daquelas que ele deixa tocar e repetir incessantemente quando está deprimido.

As luzes da casa estão apagadas, exceto a da garagem, que brilha muito em contraste com a escuridão da noite. Dá para ver, pelo portão aberto, a parte traseira de seu Chevelle. Há um grande amassado no para-choque que não estava lá quando partiu. Há, ainda, um arranhão no canto do para-lama.

Caminho no concreto frio em contato com meus pés descalços. Vejo-o pela janela da garagem, com um cigarro na boca, examinando a prateleira em busca de algo. Acompanho seus movimentos. Minha pulsação imediatamente se acelera e tenho que me esforçar para continuar respirando.

Quando ele se afasta da prateleira com uma caixa na mão, vira a cabeça em direção à janela, como que sentindo minha presença. Nossos olhos por fim se encontram. Ele larga a caixa e desaparece do meu campo visual.

Alguns segundos depois, ele sai da garagem. Seus *jeans* estão abaixo dos quadris e a luz da varanda ilumina seu peito, ressaltando os músculos bem definidos e a letra cursiva da tatuagem na costela.

— Quando você voltou a fumar? — pergunto de onde estou, ou seja, da entrada da minha garagem.

Ele tira o cigarro da boca com os olhos fixos em mim.

— Faz uns dias... Há muita coisa acontecendo, acho.

Dou mais uns passos à frente e sinto como se meu coração estivesse dando verdadeiras pancadas no peito.

— É por causa do seu pai?

Micha chega à grama, perto da cerca entre nossas casas.

— Como você sabe?

Paro bem perto da cerca. Encolho os ombros e cruzo os braços para me manter aquecida.

—Ethan me disse.

Ele balança a cabeça, irritado.

— Ele é pior que mulher.

— Ei! — Finjo estar ofendida, na tentativa de aliviar seu humor. — Nem todas as mulheres são fofoqueiras. Sempre fui ótima ouvinte e guardiã de segredos. Você sabe disso.

Ele coloca as mãos na cerca e aperta as ripas horizontais.

— Já não sei mais se isso é verdade. — Ele aponta para mim. — Talvez, antes, você fosse sempre assim. Talvez este lugar a deixasse assim.

Ele está chateado e preciso chegar ao motivo.

— Você poderia ter me contado sobre seu pai.

— Poderia? — As coxas dele já estão empurrando a cerca. — Não acho que você possa lidar com isso agora... Mal consegue lidar com seus próprios problemas...

Diminuo o pequeno espaço entre meu corpo e a cerca.

— Experimente.

Seus olhos examinam meu rosto, procurando alguma coisa dentro de mim. E, então, sua cabeça cai. Ele se sente derrotado e deixa escapar um suspiro.

— Doeu quase como naquele dia em que você partiu. Na verdade, ele tem outra família, com mulher, filhos e tudo... Droga! — Sua voz fica rouca e ele engasga. — Como se não fôssemos bons o suficiente, ou algo assim...

A dor em sua voz quase me mata. Fecho os olhos e concluo que posso ajudar; que estou mais forte nesse momento. Abro os olhos e coloco o dedo em seu queixo, forçando-o a olhar para mim. Seus olhos estão vidrados, como se estivesse prestes a chorar; ele tenta desviar o olhar. Coloco minha mão trêmula em seu rosto e continuo fitando-o.

— Sei que dói agora — digo lutando para manter a voz firme. — Mas tudo vai melhorar. Só vai levar algum tempo, mas eu vou estar aqui, bem ao seu lado, quando essa hora chegar. Prometo.

Ele não parece convencido. Não sabendo mais o que dizer, fico na ponta dos pés, inclino-me sobre a cerca e levemente passo meus lábios nos dele. O calor acaricia minha boca e pele.

— Preciso de você agora, neste momento. — Micha murmura com os lábios nos meus, com tanto desejo nos olhos que meus joelhos se dobram. — Preciso disso agora.

Suas mãos envolvem minha nuca, muito mais suave que a intensidade de sua voz, e ele trava meu corpo contra o dele. Ele me tenta, roçando os lábios várias vezes nos meus, e a tensão sexual entre nós aumenta e finalmente explode. Não consigo me conter; entrego-me a ele.

Meus lábios também cedem, entorpecidos pelo momento à medida que ele desliza a língua profundamente dentro da minha boca, devorando-me por completo. Ele tem gosto de cigarro misturado com hortelã, e o cheiro de seu perfume é inebriante.

Minhas mãos acariciam seu peito nu, e envolvo seu pescoço com meus braços. As ripas da cerca se cravam em minha pele ao pressionar meu corpo no dele. Micha se afasta por um segundo e meus lábios protestam, mas ele me levanta sobre a cerca e incentiva-me a enlaçar sua cintura com minhas pernas. A parte interna de minhas coxas queima ao tocar seus quadris. Cada parte do seu corpo me toca e faz meu corpo arder. Inclino-me sobre ele, gemendo, enquanto seus lábios retornam aos meus ainda mais vorazes.

— Ah, meu Deus, isso é tão bom. — Ele geme antes de seguir para casa.

— O que você está fazendo? — Sussurro presa aos seus lábios, sabendo para onde estamos indo, mas sem ter certeza de estar pronta para isso.

— Sshhh...

Sua língua quente desliza fundo dentro da minha boca, e me esqueço de discutir.

Suas mãos me seguram pelo quadril enquanto ele abre a porta dos fundos com o pé e tropeça na cozinha. Derruba uma luminária e esbarra na parede ao me carregar cegamente pelo corredor em direção ao seu quarto. Então, desmoronamos na cama, entrelaçados. A música está alta e ele alcança o aparelho de som, diminuindo o volume, até que a música ecoa pelo quarto suavemente.

— Ei! — Grito me contorcendo de prazer. — Algo me cutucou.

— Tenho quase certeza de que é normal. — Brinca Micha com olhos selvagens.

Bato em seu peito e tateio por baixo até encontrar uma baqueta. Ele a pega da minha mão, rindo baixinho enquanto a arremessa por sobre o ombro, e ela cai em algum lugar no escuro.

Ele fica sério enquanto alisa meu cabelo para trás, olhando nos meus olhos de modo tão apaixonado que meu nervosismo cede completamente.

— Você sabe que me apaixonei por você quando tínhamos dezesseis anos? Mas não quis dizer, porque fiquei com medo que você fugisse.

Apoio-me em meus cotovelos, deixando meu rosto bem próximo ao dele. Fios do cabelo dele acariciam meu rosto.

— Mas eu era normal naquela época. Ou quase.

Ele descansa a testa contra a minha.

— Sim, mas imaginei que é desse jeito que as coisas acontecem quando as pessoas se apaixonam.

O segredo de Ella e Micha

Então, percebo quanto devo tê-lo magoado quando fugi depois que ele tentou declarar seu amor.

— Micha, me perdoe.

Seu queixo se contrai e ele volta a erguer a cabeça. Quando me beija novamente, a sensação é diferente — de alguma forma, mais íntima. Começo a ficar apreensiva, mas me controlo e deixo a cabeça cair para trás de encontro ao travesseiro. Seus lábios seguem os meus e seu beijo afugenta todo o medo de dentro de mim. Meu peito se junta ao dele à medida que o pescoço acompanha os beijos ao longo da minha pele, acariciando e mordiscando.

— Que se dane. — Ele geme quando sua boca atinge a curva do meu peito. O tecido da minha blusa é fino e não estou usando sutiã. Hesitante, sua língua desliza levemente entre os seios. Os mamilos endurecem imediatamente e um gemido irreprimível escapa dos meus lábios quando o desejo toma conta do meu corpo.

Sento-me, deixando-o surpreso, e ele recua.

— O que há de errado? — pergunta.

Recuperando o fôlego, fecho os olhos e tiro a blusa. Meu peito se contrai, nu e exposto, à medida que meus pulmões buscam o ar. Nunca fui tão longe assim com um cara antes, nunca quis. Ficar muito íntima de alguém significava ficar emocionalmente presa, e isso só trouxe mágoas no passado. Micha é diferente. Sempre foi. Mas só percebi isso recentemente.

Ele me abraça, e cobre seu corpo com o meu, unindo os peitos nus à medida que deitamos novamente no colchão. Meus dedos acariciam seus cabelos macios, enquanto suas mãos percorrem meus ombros e seios. Minhas costas se contraem, tentando saciar a fome do meu corpo, mas sem saber como. Fazendo uma pausa, curvo meus quadris e deslizo em Micha.

Uma dose de êxtase se alastra por meu corpo e um suspiro foge dos meus lábios.

Ao ouvir esse ruído desenfreado fico ansiosa e depois volto à realidade. Não tenho certeza se minha mente está pronta para aceitar o que meu corpo obviamente deseja — se estou preparada para me entregar completamente.

— Micha, espere — digo num tom de voz tenso.

Ele se afasta rapidamente, sua mão ainda tocando meu seio.

— O que foi?

— Sinto muito, mas não posso... Acho que ainda não estou preparada.

Ele beija minha testa carinhosamente, seu corpo ainda pairando sobre mim. Com a ponta do dedo, ele traça uma linha da minha têmpora até o queixo, e minhas pálpebras vibram.

— Posso tentar mais uma coisa?

Abro os olhos, atordoada por seu toque.

— Não tenho certeza se posso ir mais longe esta noite.

— Confie em mim — ele diz. — Se for muito para você, prometo que paro imediatamente.

Mordo o lábio, sabendo de suas intenções.

— Tudo bem.

Sem pressa, com seus olhos fixos nos meus, sua boca vai de encontro ao meu pescoço, provocando arrepios na minha pele. Seus lábios se movem para baixo e permanecem um pouco acima do meu peito. Meus olhos se fecham quando sua boca toca meu mamilo e sua língua desliza sobre ele. Ele chupa com muita vontade e juro por Deus que não consigo respirar. Minhas pernas agarram seu corpo, e quanto mais ele me devora, mais voraz fica sua boca. A cada movimento da sua língua, minhas coxas ardem ainda mais.

Preciso... de algo.

O segredo de Ella e Micha

— Micha, eu...

— Sshhh... — ele sussurra e vai desferindo beijos até chegar ao meu pescoço. — Eu cuido disso.

Seus dedos deslizam pela minha barriga nua até alcançarem o fundo do meu *short*, deixando um rastro ardente de calor sobre minha pele. Quando seus lábios encontram os meus novamente, seu dedo desliza fundo dentro de mim. A letra da música vai desaparecendo à medida que meu pânico explode em êxtase.

Micha

Quando Ella grita meu nome, com a cabeça inclinada para trás, os olhos perdidos, a sensação é diferente de tudo que já senti antes. Ela confiava em mim o suficiente para permitir que eu fizesse coisas com ela que ninguém mais havia feito, e isso me faz sentir vivo novamente.

Claro, meu pau está tão duro que chega a doer.

Behind Blue Eyes, do The Who, repete sem parar e completa o momento. É a música que ouço quando estou mal. Mas, depois desta noite, acho que isso vai mudar.

Coloco seu cabelo longe da testa.

— Você está bem?

Seus olhos verdes estão vidrados e ela balança a cabeça para cima e para baixo. O olhar em seu rosto traz um sorriso aos meus lábios.

— Estou mais que bem. — Ela inclina o corpo e me beija.

Eu a agarro, intensificando o beijo, mas depois me afasto, precisando esfriar.

— Você devia ficar aqui esta noite.

Jessica Sorensen

Espero seu protesto, mas ela concorda com a cabeça e recoloca a blusa.

— Certo, mas vou precisar usar seu celular para avisar Lila. Não trouxe o meu.

Beijo sua testa, e então a têmpora, sentindo seu perfume.

— Vou tomar um banho. Volto já.

Segurando uma risada, ela pega meu celular do criado-mudo.

— Um banho bem frio?

Pego algumas roupas do armário e caminho até a porta.

— Muito cuidado, Ella May. Ou posso desistir, e você terá que me aguentar o resto da noite.

Ao enviar a mensagem de texto, ela dá um mergulho de volta para a cama.

— Talvez seja isso que eu esteja esperando.

Balançando a cabeça, jogo minhas roupas no chão e pulo para cima da cama, colocando um joelho de cada lado dela. Ela ri enquanto brinco de prender seus braços sobre a cabeça. Aproximo meus lábios do seu ouvido e gentilmente dou-lhe uma dentada. Respiro junto ao seu pescoço, deixando que o ar quente a faça tremer, provocando-a e levando seu corpo e o meu à loucura.

Ela solta um gemido e sinto suas pernas em torno de mim.

Suspirando, recuo antes de aumentar ainda mais minha excitação.

— Chega, tenho que tomar um banho.

Desço da cama, mantendo meus olhos sobre ela até chegar à porta.

Ao sair do quarto, toda a dor que vinha sentindo em relação ao meu pai começa a me sufocar novamente, mas tudo que posso fazer é continuar respirando.

Capítulo 19

Ella

O dia seguinte, de certa forma, é mais leve, como se eu tivesse sido enterrada na areia e, finalmente, resgatada por alguém. Micha também parece mais feliz, embora eu saiba que ainda está magoado. Faço o possível para manter sua mente distraída.

— Então, o que você fez com ele? — Pergunto a Micha enquanto circundo a extremidade do carro com as mãos nos quadris, observando os arranhões e amassados na pintura preta, que parecem piores à luz do sol.

— Levei-o para um belo passeio. — Um sorriso preguiçoso se estende por seu rosto à medida que coloca a cabeça sob o capô para examinar o motor.

Sento no local onde ele está trabalhando e cruzo a perna por cima do joelho.

— Pelo menos me diga que você ganhou. E que os arranhões e amassados valeram a pena.

— É claro. Sempre valem a pena. — Ele diz, com um duplo sentido que só nós dois podemos compreender.

Agarrando a borda, inclino-me sobre o motor e dou-lhe um beijo no rosto. Ele sorri, joga um pano gorduroso no chão e belisca minha bunda. Um grunhido sai da minha boca enquanto pulo por causa do beliscão, e depois caio sobre o motor. Ao me levantar novamente, estou com graxa nos braços e na bunda. Desço do capô, tentando limpar a graxa das mãos, mas acabo me sujando mais ainda.

Micha ri enquanto pega uma caixa nova de ferramentas da prateleira superior.

— Você fica bem cheia de graxa.

Mostro a língua e começo a me virar para ir embora.

— Aonde você vai? — Ele pergunta.

Ergo minhas mãos cheias de graxa.

— Graças a você, tenho que tomar banho e lavar minhas roupas.

Um olhar perverso cintila em seus olhos.

— Estou todo sujo de graxa. Acho que vou ser obrigado a acompanhar você.

Sinto um frio no estômago pensando na noite passada. Continuo recuando em direção a minha casa com os olhos atentos nele.

— Sabe de uma coisa? Se você conseguir me pegar, deixo que tome banho comigo.

Seus olhos devoram meu corpo à medida que passa os lábios entre os dentes.

— Isso é um desafio, mocinha linda?

Ao sair da garagem para a luz, tento não sorrir, mas não consigo me conter e meus lábios fazem um bico. Corro em direção a minha casa e ouço seus passos atrás de mim. Pulo a cerca graciosamente, mas quando alcanço a porta dos fundos, seus braços estão em volta da minha cintura. Ele faz meu corpo girar e depois me levanta sem qualquer esforço. Enganchando minhas pernas em volta de sua cintura, ele abre a porta e nos leva até a cozinha.

Ele olha ao redor da sala e ergue uma das sobrancelhas.

—Lila está aqui?

Balanço a cabeça lentamente.

— Ela está com Ethan.

— E seu pai?

— Trabalhando.

O segredo de Ella e Micha

Seus olhos azuis esverdeados escurecem, não consigo me conter e lhe dou um beijo. Enquanto as línguas se entrelaçam, sinto que estamos nos movendo, indo para algum lugar. Passo os dedos por seus cabelos, apertando seu corpo contra o meu, deixando o medo de lado e desfrutando o momento.

Sem separar seus lábios do meu, ele me carrega até o banheiro mais próximo. Quando ouço a água do chuveiro, separo meus lábios dos dele. Antes que eu possa perguntar o que pretende, ele me coloca debaixo da água quente.

Solto um grito à medida que minhas roupas ficam encharcadas.

— Veja, assim você lava as roupas e toma um banho ao mesmo tempo.

Ele sorri e depois vira o chuveiro totalmente para baixo, direcionando a água sobre mim.

Seguro a camiseta e puxo seu corpo para frente, para debaixo da água corrente. Ele apoia as mãos nas paredes e a água escorre sobre seu cabelo e rosto.

Abro um sorriso inocente e permito que a água escorra por meu corpo.

— Agora você também está todo limpinho.

Ele balança a cabeça e se afasta da parede, ficando debaixo do chuveiro comigo por inteiro. Depois, fecha a cortina e nos isola dentro do vapor. Tanto seus *jeans* quanto sua camiseta estão totalmente encharcados, e gotas de água pingam em seus olhos. Passo a mão em sua testa, limpando uma sobra de graxa, e depois acaricio seu cabelo. Mais uma vez, ele direciona o fluxo dá água do chuveiro sobre minha cabeça. Em seguida, penteia suavemente meus cabelos com os dedos, e com a palma da outra mão, vindo por trás do meu corpo, reúne-os. Puxando as raízes, conduz meus lábios de encontro aos dele para um beijo profundo e molhado. O vapor da água quente nos cerca e faz com que a paixão pegue fogo.

O pânico começa a gritar dentro da minha cabeça, mas mando que se cale, e absorvo a água dos lábios de Micha à medida que encontro o fundo de sua camiseta e a levanto sobre sua cabeça. Ele recua e me ajuda, retirando a camiseta e jogando-a para o lado. Imediatamente junta seus lábios aos meus. Meus dedos traçam as linhas dos seus músculos e o desenho da tatuagem em seu peito; a letra da primeira e única canção que ele escreveu.

Suas mãos exploram meus quadris, minha cintura, e então minha camiseta. Finalmente, eu mesma acabo tirando-a, e depois ele retira meu sutiã. Os peitos nus colidem enquanto continuamos nos beijando debaixo da água quente. Minutos depois, o resto das roupas está empilhado aos nossos pés, e mal consigo organizar meu pensamento. A maneira como ele me toca, me beija... jamais me senti assim antes.

Ele beija meus seios e lambe a água da minha barriga nua, descendo até que sua língua encontre o ponto certo. Inclino-me contra a parede enquanto um grito escala minha garganta, e perco o controle total sobre meu corpo.

Dessa vez, não me importo.

Micha

Ao ver Ella relaxada e satisfeita, desligo o chuveiro e pego a toalha do gancho. Ela levanta os braços acima da cabeça, mantendo os olhos em mim à medida que enrolo a toalha em volta dela.

— O que foi? — pergunto, porque tenho certeza de que ela está pensando profundamente em algo.

O segredo de Ella e Micha

— Nada. — Ela encolhe os ombros casualmente, mas seu rosto fica um pouco enrubescido. — É que, se eu soubesse que isso era tão bom, provavelmente não teria relutado tanto.

— Bem, fico feliz que você me considere tão bom assim — brinco, pegando outra toalha e amarrando-a em volta da cintura.

Ela mordisca o lábio, apreensiva, enquanto cruza os braços e descansa contra a parede.

— Tudo bem, mocinha linda, exijo uma resposta. O que você está pensando?

Ela solta o lábio.

— Não me parece justo ser a única a se divertir.

Tento não ficar muito animado porque, vamos ser honestos, ela sabe como fugir.

— Tenho certeza de que vou me divertir bastante mais tarde.

Hesitante, ela se aproxima e arranca a toalha da minha cintura com um único puxão.

— Muito habilidoso da sua parte — digo segurando a borda do balcão, lutando para manter a calma.

Seus olhos percorrem meu corpo.

— Aprendi com o melhor.

Ela passa os dedos suavemente ao longo do meu pau duro, deixando-me ainda mais excitado.

— Ella... — digo, inclinando-me contra a porta e aproveitando o momento.

Ella

Não tenho a mínima ideia do que deu em mim, e não vou ficar aqui analisando o fato. Finalmente posso respirar outra vez, e isso é tudo que importa. Deixar as coisas seguirem seu curso pode ser exatamente o que ambos necessitamos.

Micha passa a toalha pela cintura; nunca o vi tão feliz assim. Ele me beija, acariciando meu lábio inferior suavemente com a boca, antes de se afastar e olhar nos meus olhos.

— Você é linda.

Sorrindo, olho para baixo, para nossas roupas molhadas e empilhadas no canto.

— O que vamos fazer agora?

Ele morde os lábios e apoia as mãos na parede, prendendo minha cabeça entre seus braços.

— Podíamos repetir a dose.

Mesmo querendo, bato em seu peito, como se ele estivesse querendo abusar da sorte.

— Na verdade, quero saber como vamos sair daqui. Nossas roupas estão encharcadas e não pretendo vestir as minhas novamente.

Ele dá de ombros e se afasta.

— Estamos sozinhos em casa, é só você ficar de toalha e subir as escadas até o quarto.

Olho para seu peito magro.

— Sim, mas, e você?

— Você pode me trazer algumas roupas depois de se vestir... se quiser.

Seus lábios deixam escapar um sorriso sedutor.

Começo a dizer alguma coisa, mas a porta dos fundos se fecha e as vozes de Lila e Ethan ecoam da cozinha.

— Bem, lá se foi meu plano — diz Micha com um tom de riso na voz.

Aperto a toalha em torno da cintura e decido esperar até irem embora, mas, depois de algum tempo, percebo que não irão tão cedo.

— Vou até lá — diz Micha, e começa a caminhar em direção à porta.

O segredo de Ella e Micha

Sou obrigada a puxá-lo de volta pelo braço.

— Você está só de toalha!

— Sim.

— E quando virem você, saberão que algo aconteceu.

Ele levanta a cabeça para o lado, seus olhos me examinam.

— E isso é ruim?

Coloco meus braços em volta do corpo.

— Não, mas... o que vamos dizer a eles?

— Tenho certeza de que vão descobrir sozinhos — ele diz. — Por que está tão preocupada?

— Não estou — respondo com toda a honestidade. — É que... essa nossa aventura é a coisa mais real que tive em muito tempo, e isso me assusta um pouco.

Ele retira uma mecha de cabelo úmido dos meus olhos.

— Sei que assusta, mas você vai ficar bem. Nós vamos ficar bem.

Concordo rapidamente com a cabeça e depois me afasto da parede, endireitando os ombros.

— Você vai voltar depois de se vestir?

Ele beija minha testa.

— Para onde mais iria?

Saio do caminho e ele atravessa a porta enrolado na toalha, como se não estivesse nem um pouco envergonhado. Ele deixa a porta aberta ao sair e, segundos depois, ouço o som da voz chocada de Lila e do riso de Ethan. Pouco depois, passos caminham em minha direção.

— Ella — diz Lila pela fresta da porta. — Posso entrar?

Mantendo a toalha presa ao meu corpo, abro a porta um pouco mais.

— Você poderia me trazer algumas roupas, por favor? As minhas estão molhadas.

Ela cobre a boca, abafando o riso.

— Claro. Já volto.

Ela volta com um *short* vermelho e uma camiseta cinza. Após me vestir, encontramos Micha e Ethan na garagem. Micha está usando *jeans* largos e sua camiseta favorita do Pink Floyd, e tenta não sorrir ao me ver; mas Ethan não se contém.

— Divertiram-se esta manhã? — Pergunta, e dou um soco em seu braço.

— Ai! — Ele finge um grito de dor, e depois olha para baixo.

— Cara, você detonou o motor. Como conseguiu fazer esse estrago?

— Fui até Taylor Bay e apostei uma corrida — ele diz de modo *blasé*. — Acho que exagerei um pouco.

— E todos os amassados? — Questiono olhando debaixo do capô.

— Infelizmente, acabei batendo com outro carro — ele diz com um brilho nos olhos ao encontrar meu olhar. — Mesmo assim, ganhei.

Ethan suspira e fecha o capô.

— Entrem, vamos levá-lo para a oficina.

Entramos no carro e Micha manobra pela grama e em torno da caminhonete de Ethan estacionada em frente à garagem. Descemos a rua em direção à oficina, de mãos-dadas sobre o painel, ouvindo Lila e Ethan conversarem, algo bem simples, mas muito significativo.

Quando Micha para no semáforo, Mikey, em seu Camaro vermelho, encosta do nosso lado. Aponta para o carro de Micha e, depois, um de seus amigos tira um sarro, fazendo ondas com a mão.

— Maldito idiota — murmura Ethan no banco traseiro.

Baixo o vidro da janela.

— Qual é o problema?

Mikey ri e aponta para o capô.

— O que vocês fizeram com o pobrezinho? Parece que está morrendo.

— Parece muito melhor que essa porcaria que você chama de carro — esbravejo, levantando-me e colocando a cabeça para fora da janela.

— Ella — reprova Lila no banco de trás, chocada.

— Deixe-a extravasar — diz Ethan. — Ela é muito divertida quando fica assim.

O cabelo preto e gorduroso de Mikey brilha no sol quando ele põe a cabeça para fora do carro.

— Pode continuar falando, mas não vai fazer diferença, pois vocês são covardes demais para disputar um racha comigo. Provaram isso da última vez.

— Isso porque você é pequeno e inexpressivo — digo com um inocente abrir e fechar de cílios.

Ele fica furioso e salta para fora do carro, mas Micha me puxa de volta e se inclina sobre o painel, colocando um braço em volta do meu ombro como proteção, sabendo que Mikey é do tipo de cara que bateria em uma garota. Mikey olha para rua antes de se agachar ao lado da porta.

— Se vocês pensam que são corajosos, então provem — ele diz com um tom venenoso. — Back Road, 21 horas.

— Tenho certeza de que ela acabou de explicar que seu carro não vale nosso tempo. — Micha diz calmamente. — Então, suma da nossa frente.

— Back Road, 21 horas — ele repete lentamente antes de voltar para o carro. — Tenho certeza de que, com o barulho que seu carro está fazendo, será um racha justo.

Ele acelera, tentando provar alguma coisa, antes de desaparecer pelo cruzamento, deixando marcas de pneu no asfalto.

— Mas que idiota — diz Lila no banco traseiro. — Desafiando você dessa forma, quem faz isso?

Olho para Micha com uma cara de culpa.

— Desculpe.

Ele desliza suavemente o dedo ao longo dos meus lábios e suspira.

— Não faz mal. Vamos pensar em alguma coisa... Além disso, você pode me recompensar mais tarde.

— Cara, nunca vamos conseguir consertar o carro a tempo. — Ethan inclina-se sobre o painel, arregaçando as mangas da camisa preta até os cotovelos, revelando inúmeras tatuagens nos braços. — Não está nem perto de ter condições de participar de um racha.

— Já sei disso. — Micha responde e começa a dirigir novamente. — Acho que vamos ter de improvisar.

— O motor pode fundir se você forçar. — Ethan adverte. — Acabaríamos voltando à estaca zero.

— Espere um minuto. — Lila leva às mãos a cabeça. — Vocês não estão cogitando participar de racha, estão?

— Não podemos desistir agora. — Ethan e Micha dizem ao mesmo tempo.

Lila olha para mim como pedindo uma explicação.

— Por quê?

Ethan desmorona de volta no banco de trás e levanta o joelho à medida que se volta para Lila.

— É como as coisas funcionam por aqui. Se não fizermos isso, zombarão de nós pelo resto da vida.

— Tudo bem... — Lila diz sacolejando quando o carro passa por um buraco. — E o que há de errado nisso?

Ethan tenta explicar, afastando o cabelo escuro para longe dos olhos.

— Viraríamos motivo de chacota. Seríamos menosprezados todos os dias e por todo mundo.

Lila enfia as mãos sob as pernas.

— Isso não é nada bom.

— Exatamente, e é por causa disso que somos obrigados a aceitar o desafio. — Ele cruza os braços e volta sua atenção novamente para Micha. — Vá até a oficina. Vamos ver o que dá para arrumar até a hora do racha.

Capítulo 20

Ella

— Então, é isso que você costumava fazer o tempo todo? — Lila relaxa na cadeira do gramado. — Ficava sentada, observando eles trabalharem nos carros o dia todo? Deve ter sido muito agradável.

Tomo meu chá, olhos colados em Micha e Ethan, que trabalham no carro do outro lado da garagem. Eles estão tentando trabalhar rápido, e isso me deixa nervosa.

— Não, costumava trabalhar nos carros junto com eles.

Ela vira um pacote de M&M na palma da mão.

— Quer ajudá-los agora?

— Posso ficar aqui com você — digo e estendo minha mão. — Além disso, estou me divertindo só de observar.

Ela despeja um pouco de M&M na minha mão e eu levo até a boca.

— Isso está mais que óbvio. — Ela coloca o pacote no chão e pega o refrigerante. — Você está radiante.

Descanso o rosto na mão para esconder o aparente entusiasmo.

— Isso me deixa nervosa.

— O quê?

— Participar de um racha quando o carro não está funcionando bem.

Lila desfaz o rabo de cavalo e alisa o cabelo com os dedos.

— Por quê? Algo pode dar errado?

— Num racha, algo sempre pode dar errado — digo com raiva de mim mesma por colocar Micha nessa confusão.

Micha

Tiro a caixa de ferramentas do caminho com um chute, subo no para-choque e fico olhando para o motor.

— Então, o que você acha?

Ethan limpa as mãos em um pano enquanto balança a cabeça.

— Não tenho ideia se esse improviso vai aguentar, e não temos tempo para verificar a suspensão. Se você for atingido com muita força, provavelmente ficará sem direção.

— Acho que não vamos demorar muito para descobrir.

Olho para Ella e Lila, que estão rindo no canto da garagem.

— Você não vai levá-la junto, vai? — Ethan caminha até a traseira do carro e começa a checar a pressão dos pneus.

— Não com o carro assim.

— E se ela insistir.

— Ela não vai — verifico o óleo. — Pelo menos, espero que não.

Ethan limpa as mãos nos *jeans*.

— Acho que tudo depende de com que Ella estiver lidando. Com a agradável e educada ou a maluca que nos colocou nessa situação.

Olho para Ella novamente à medida que se inclina para pegar um refrigerante do *cooler* por trás das cadeiras. Seu *short* curto se retrai, exibindo a parte final do quadril. Depois de pegar uma bebida, volta para a cadeira e abre a lata, rindo de alguma coisa que Lila disse. Recomponho-me e fecho o capô do carro.

— Acho que ela é um pouco de ambas.

***

— Por que tanta gente esta noite? — Lila pergunta no banco de trás, boquiaberta com os inúmeros carros estacionados pela estrada de terra. — Não estava tão cheio da última vez em que estivemos aqui.

A garota está apavorada, e sinto por ela.

— Mikey gosta de atrair uma multidão.

— Para vê-lo perder? — Pergunta cutucando Ella com o cotovelo.

— Talvez — digo com um suspiro pesado, preparando-me emocionalmente enquanto saio do carro.

Os três também saem, e Ella segura minha mão enquanto caminhamos no meio da multidão, onde Mikey discute com um *skatista* que está manobrando o Honda no meio da multidão, exibindo-se para todos. Há uma fogueira perto do The Hitch e pessoas estão sentadas nas traseiras dos carros, bebendo cerveja, esperando a corrida começar.

Atravesso a multidão, segurando a mão de Ella. Todos olham para nós e a fofoca começa a correr.

Mikey para de falar e bate palmas ruidosamente.

— Muito bem, não imaginei que você realmente viesse.

— E quando deixei de aparecer? — digo. — Foi você que não apareceu da última vez que tentamos correr.

Ele cospe no chão e cruza os braços.

— Então, quem vai correr? A baixinha linguaruda que colocou você nessa situação? Ou você mesmo?

Ella dá um passo à frente.

— Eu vou.

— Eu vou — aperto-lhe a mão, puxando-a para trás de mim.

— Micha — ela sussurra. — O problema é meu. Sei como lidar com isso.

Balanço a cabeça sem olhar para ela.

— Vamos acabar logo com isso.

Mikey sorri, esfregando as mãos.

— O quê? Você está tão ansioso assim para comer minha poeira?

— Na verdade, não vejo a hora de calar sua boca.

Viro as costas e volto para o carro junto com Ella.

— Micha Scott — ela diz, puxando meu braço e plantando os pés no chão, tentando me impedir de continuar.

Ethan e Lila ficam para trás, e ele começa a explicar a ela as regras de um racha. Continuo seguindo em frente, arrastando Ella comigo, recusando-me a mudar de ideia.

— Pare de dar uma de orgulhoso, deixe-me dirigir — ela diz com veemência. — É muito melhor que eu perca para ele do que você. Ele vai zombar de você para o resto da vida.

Paro em frente ao carro, volto-me para ela e passo a ponta do dedo em sua bochecha.

— Ei, quem falou em perder?

Ela remove alguns fios de cabelo do rosto e olha para o carro. O brilho do fogo destaca a preocupação em seus olhos.

— Sei que você e Ethan não conseguiram consertar tudo. Estavam trabalhando muito rápido, tenho certeza de que não fizeram um grande trabalho.

— O carro está ótimo — garanto. — Mas você não pode ir comigo.

— Vou sim — ela diz cruzando os braços sobre o peito de modo desafiador. — Vou pelo menos sentar no banco do passageiro.

Balanço a cabeça.

— Desta vez, não, mocinha linda.

Ela fica brava, me inclino e a beijo na frente de todos, apoiando a parte de trás de sua cabeça e agarrando sua bunda, para que as pessoas saibam que ela é minha. O corpo dela treme à medida que corresponde ao meu beijo, mesmo quando alguém assobia.

Ao me afastar, vejo um olhar vidrado em seus olhos.

— Agora, pegue Lila e vá me esperar junto à linha de chegada.

Ela abre a boca, depois sela os lábios e concorda com a cabeça. Ella e Ethan trocam de lugar e ela sai com Lila em direção à linha de chegada.

Quando já estão fora de visão, Ethan diz:

— Tem certeza de que quer continuar com isso?

Digo que sim com a cabeça, meu olhar acompanhando a estrada de terra e as árvores mais próximas.

— E você, tem certeza de que quer fazer isso?

— Absoluta — ele diz. — Não tenho nada melhor para fazer.

Batemos os punhos e subimos no carro. Acelero o motor algumas vezes, depois avanço um pouco pela terra e pela multidão, em direção ao local da largada em frente ao The Hitch.

— Como está a direção? — ele pergunta, abaixando o vidro da janela e deixando o ar da noite entrar.

Viro a direção de um lado para outro, testando-a.

— Instável.

— Esquerda ou direita?

— Para a direita.

— Então, certifique-se de fazer o retorno pela esquerda.

Concordo, e vamos nos aproximando do local da largada, onde Mikey nos espera. Ella e Lila estão observando ao lado, perto das árvores, sentadas na traseira de uma caminhonete. Ella está com os olhos colados em nós enquanto Lila conversa com ela, balançando as pernas. Bato os dedos sobre o volante, de olho no fim da estrada.

— Chega de reflexão — diz Ethan, e puxa o *iPod*. — Está na hora de um pouco de música.

Ele escolhe *The Distance*, do Cake. Depois, aumenta o volume até que a base começa a trepidar, e começamos a balançar a cabeça. Quando a música chega ao refrão, começamos a cantar, e Ethan bate os dedos no painel, como se estivesse tocando bateria. Quanto mais ouvimos a música, mais ficamos entretidos. Vejo Ella rindo e balançando a cabeça para nós, porque sabe que isso é coisa minha e de Ethan, e porque geralmente está no carro com a gente.

— Ei, vamos correr? — Mikey grita no teto solar, olhando para nós com as mãos no ar. — Ou vamos ficar sentados ouvindo música?

Piso fundo no acelerador, o som é tão alto que se espalha pela noite e seus olhos se arregalam. Ele volta para o carro e também pisa fundo no acelerador. O som nem chega aos pés do meu, e Ethan e eu rimos dele.

— Cara, chega de enrolação. Chame sua garota aqui para dar a largada — ele grita em meio à música.

Diminuo o volume um pouco.

— Peça a Chandra.

— Nada feito, você conhece as regras — ele diz com um sorriso. — A namorada de quem está sendo desafiado é que faz isso.

Giro os olhos, sabendo que Ella não vai gostar nada disso; tanto a antiga quanto a nova versão. Deslizo um pouco para fora janela, junto as mãos em volta da boca e grito em sua direção.

— Ella May, venha aqui, mocinha.

Distraída por Lila, ela pula de susto. Suas sobrancelhas se contraem enquanto aceno. Pede a Lila que espere e salta da traseira da caminhonete, olhando perplexa para mim enquanto abre caminho no meio da multidão. Sento quando ela encosta na janela.

— Você vai ter que dar a largada — digo, e ela imediatamente faz uma careta. — São as regras. Você sabe disso.

— Essas regras são machistas — ela diz. — Que a vagabunda da namorada do Mikey faça isso.

— Você sabe que ele não vai permitir.

— Eu poderia obrigá-lo.

Pressiono os lábios enquanto ouço sua personalidade estourada dominar sua falsa cortesia.

— Dê a largada por mim?

Ela revira os olhos, depois se inclina e beija meu rosto.

— Mas só por você.

Então, ela se afasta rebolando exageradamente, tirando um sarro da situação, mas ainda toda gostosa naquele seu *shortinho*. Ethan e eu soltamos uma gargalhada enquanto ela se vira com um lindo e enorme sorriso no rosto.

— Bem, pelo menos ela é divertida — ele diz, batendo com a mão do lado de fora da porta, acompanhando o ritmo da música.

Acelero algumas vezes, olhar fixo em Ella à medida que eleva as mãos acima da cabeça. Ela me olha enquanto faz a contagem regressiva. Quando seus braços caem, nossos pneus cantam em disparada.

Ella

Caminho em direção a Lila em meio a uma nuvem de poeira, e, ao chegar, volto a subir na traseira da caminhonete. Vejo Grantford no meio da multidão, mas quando ele me vê, foge apressado, escondendo-se no meio das pessoas, sabendo que Micha está por perto.

Lila balança as pernas, olhando para os lados.

— O que foi aquilo?

— Regras — suspiro, inclinando-me para ter uma melhor visão da estrada.

O segredo de Ella e Micha

É difícil ter certeza, por causa da escuridão, mas parece que Micha está na frente. Começo a ficar impaciente à medida que as luzes traseiras se distanciam e salto para o chão novamente.

— Você está nervosa — observa Lila. — E está me deixando nervosa.

Roo minhas unhas, incapaz de relaxar.

— Não sei o que está acontecendo comigo. Normalmente não fico nervosa assim.

Mas, lá no fundo, sei exatamente qual é o problema. Meus sentimentos por Micha foram libertados e agora me consomem e me controlam, prendem-me a ele. A multidão começa a se mover, quase me derrubando enquanto todos olham em direção ao fim da estrada, à espera do retorno. Ouço os tons assustados em suas vozes antes da batida. É como um acidente de trem, metal se esmagando e pedaços voando para todos os lados.

Os olhos de Lila se arregalam.

— Que diabos foi isso?

Giro rapidamente e coloco meu corpo na frente da multidão. Alguns carros começam a dar ré para a estrada.

— Deu merda — alguém diz. — Acho que um deles bateu.

Sinto meu coração desmoronar conforme corro pela estrada.

— Ella! — Lila grita. — Aonde você vai?

Continuo correndo, tropeçando no escuro, em busca de seus faróis. Meu chinelo cai em algum lugar, mas sigo em frente, precisando saber o que aconteceu. Carros vêm atrás de mim e luzes brilham nas minhas costas. Segundos depois, o carro de Mikey surge zunindo e ele solta um palavrão quando me vê.

Na metade do caminho, o ar se transforma em poeira, e o som de *The Distance*, do Cake, ecoa, repetindo o mesmo refrão continuamente. Ao ver o carro, desacelero. Subitamente, lembro-me da noite em que minha mãe morreu. O Chevelle está esmagado contra o tronco de uma grande árvore, o para-brisa quebrado em pedaços, e dois dos pneus se soltaram.

De alguma forma, ele deve ter derrapado e o lado do motorista sofreu a maior parte do impacto.

Sei que quem está dentro do carro deve estar muito machucado, assim como sabia o estado da minha mãe ao abrir a porta do banheiro naquela noite; e não poderei fazer nada a respeito. Quase dou as costas e corro para longe, não querendo ver o que me espera, mas a porta do passageiro se abre e Ethan tropeça para fora, apoiando um dos braços. Há um caminho de sangue escorrendo e seu rosto está ralado.

Afugento meus pensamentos e corro em sua direção.

— Você está bem?

— Ella, vá chamar ajuda — ele tosse, quase dobrando os joelhos.

— Não — minha voz sai firme e aguda, e o vômito queima o fundo de minha garganta. Gentilmente empurro Ethan para o lado e entro no carro, que está cheio de terra e abafado.

— Micha! — Cubro minha boca e chacoalho a cabeça.

A cabeça dele está caída sobre o apoio do banco e virada para o outro lado, e seus braços estão largados para os lados. Galhos invadiram a janela e parece que um deles pode estar espetado em seu ombro.

Ele vira a cabeça em minha direção e seus olhos se arregalam.

— Droga! Ethan, leve-a daqui.

Ethan tenta me puxar, mas subo no painel, ficando próxima do longo e fino galho preso ao ombro de Micha. Não consigo respirar. Não posso perdê-lo. Não aguento mais isso.

— Ella May, olhe para mim. — Sua voz está rouca, e nossos olhos se encontram. — Estou bem, agora saia do carro para que Ethan possa me tirar daqui.

O segredo de Ella e Micha

Meus olhos perscrutam seu corpo, procurando por feridas.

— É só o galho? Esse é o único lugar que você está ferido?

Ele acena apaticamente.

— Alguns pontos e fico novinho em folha.

Após beijar sua testa, respiro fundo, odiando ter que deixá-lo enquanto saio do carro. Ethan sobe pela estrada em minha direção com Benny ao seu lado. Caminha com dificuldade e ainda segura um dos braços.

— Precisamos de alguém com força nos braços para arrancar o galho — ele diz a Benny, e vejo preocupação em seus olhos.

Benny concorda e pula para dentro do carro, enquanto Ethan e eu esperamos impacientes do lado de fora. Carros começam a surgir, faróis iluminam o local do acidente e pessoas observam curiosas. Um dos carros é um Camaro e Mikey está na frente dele, rindo com a namorada ao seu lado.

— Esse idiota maldito cortou nossa frente. — Ethan me diz, encarando Mikey.

A raiva tenta tomar conta de mim, e dessa vez me deixo levar. Vou para cima dele e dou-lhe um forte empurrão, fazendo-o tropeçar sobre a dianteira de seu carro.

— Você acha isso engraçado? — Grito. — Eles colidem com uma árvore por culpa sua, e você continua dirigindo. Que diabos há de errado com você?

Seus olhos se enchem de raiva e ele avança em minha direção.

— Venci, e é só isso que importa.

Balançando a cabeça, levanto minha perna e acerto seu saco com uma forte joelhada. Ele geme, seu rosto vai se avermelhando enquanto se contrai de dor; sua namorada corre para ajudá-lo. Começo a me afastar quando ele se endireita. Massageando suas partes feridas, ele avança pronto para me agredir.

Ethan entra na frente e o empurra com o braço bom.

— Se você tocar nela, eu quebro sua cara.

Não foi a primeira vez que ele precisou dizer isso para me proteger.

Mikey recua da luta, resmungando alguma coisa sobre não valer a pena, enquanto Benny ajuda Micha a sair do carro. O galho não está mais preso ao seu ombro. Em seu lugar há um buraco, que sangra pelo braço e camisa, mas ele está vivo, e isso é tudo que importa.

Colocamos Micha no banco da frente do GTO de Benny e Ethan e Lila sentam no banco de trás. Micha me faz sentar no seu colo e deita a cabeça no meu peito. Agarro-me a ele com força enquanto aceleramos noite adentro.

Capítulo 21

Micha

As luzes do hospital são muito claras e o ar está um pouco frio, mas a mão quente de Ella na minha me reconforta. O médico me dá um sedativo para aliviar a dor, e então deito na cama, esperando que venham remover da ferida os fragmentos do galho.

Fiquei apavorado quando colidi com aquela árvore, imaginando que ia morrer e deixar Ella sozinha. Mas, agora, estou me sentindo muito bem.

Ethan se inclina sobre mim e coça o nariz ao ver a ferida.

— Parece retorcida.

Empurro-o para longe e puxo Ella para meu lado.

— Ei, mocinha linda, venha sentar ao meu lado.

Ela ri, depois olha para alguém e ri mais ainda.

— Acho que você se sentiria melhor fechando os olhos — ela diz.

Balanço minha cabeça.

— Nem pensar, tudo o que quero neste momento é ficar olhando para você.

Ela solta uma risada e depois alisa meu cabelo para trás da cabeça.

— Chega, pare antes que diga algo constrangedor.

Vasculho meu cérebro, e não encontrando nada de constrangedor escondido lá, digo:

— Vou ficar bem. — Estendo minha mão boa e alcanço sua perna, puxando-a para mim, para que caia sobre a cama.

— Micha. — Seus olhos verdes estão tão arregalados que consigo ver meu reflexo neles. — Tem gente por todo lado.

Olho da esquerda para a direita, vendo apenas formas borradas.

— Tudo bem.

Inclino-me para beijá-la e ela me dá um rápido beijo nos lábios, antes de se afastar.

— Que tal você descansar a cabeça no meu colo? — ela diz. — Posso acariciar suas costas até você adormecer.

— Mas, e se eu acordar e você não estiver mais aqui? — Pergunto parecendo um bebezinho, e sem me importar com isso.

Ela aperta os lábios e suspira.

— Não vou a lugar algum.

— Promete?

— Prometo.

Depois, ela se senta e descansa minha cabeça em seu colo. Desliza os dedos por minhas costas e meu cabelo. Agarro-me a ela enquanto fico inconsciente.

Ella

Micha está deitado na minha cama sem camisa, brincando com o curativo que cobre o ferimento causado pelo galho. Os médicos não conseguiram costurar o ferimento porque a lesão era muito grande. Então, precisa mantê-lo coberto, e não pode tomar banho — algo com que chegou a brincar no hospital enquanto piscava para mim.

Passaram-se apenas alguns dias desde o acidente e o Chevelle está estacionado em sua garagem, arruinado. Quando o vi à luz do dia, quase desmaiei, porque não parecia que alguém pudesse escapar de um acidente como aquele; a porta do motorista está toda amassada e o para-choque completamente destruído.

O segredo de Ella e Micha

— Isso vai deixar uma cicatriz de guerra incrível — ele pressiona as ataduras de volta para a ferida.

— Estou feliz que pense assim.

Leio o *e-mail* que apareceu na minha caixa de entrada um dia após o acidente. Ao que parece, consegui o estágio no museu, e agora não sei o que fazer. Por um lado, é uma grande oportunidade; mas, por outro, não quero abandoná-lo.

— O que você está lendo? — ele pergunta, deslizando as pernas para fora da cama, começando a se levantar.

— Nada. Estava apenas olhando meus *e-mails*.

Desligo a tela do computador, subo na cama com ele e me inclino contra a cabeceira, esticando as pernas.

Ele aponta para o desenho do espelho quebrado na minha parede.

— Gosto daquele. Especialmente a parte do violão.

É meu melhor trabalho, cheio de memórias, e um futuro que eu não era capaz de ver até que finalmente me libertei. Uma liberdade que me foi dada por Micha, porque ele se recusou a desistir de mim.

— Eu também — concordo. — Acho que vou transformá-lo em um projeto de arte, um dia.

— Parece conter muito significado — ele comenta.

Sorrio e deslizo o corpo, colocando minha cabeça ao lado da dele.

— Sei disso.

Ele se vira de lado com cuidado, para não machucar o ombro, e ficamos cara a cara.

— No que você está pensando, Ella May? Desde o acidente, você está muito quieta.

Estou tão perto dele que posso ver as manchas escuras em seus olhos azuis esverdeados. Tenho preferido o silêncio porque naquela noite percebi algo importante. Naquela noite, por uma fração de segundos, eu o havia perdido, e isso abriu meu coração e libertou o que enterrei dentro de mim lá na ponte.

Olho dentro de seus olhos, sem nenhum medo, apenas receosa de perder o que carregam.

— Só que nunca quero perder você.

Suas sobrancelhas exprimem surpresa enquanto se apoia no cotovelo.

— É isso? Por causa do acidente? Estou bem. — Ele aponta para os curativos. — Foi só um arranhão.

— Sei que você está bem — digo, parecendo sufocada. — Mas, por um segundo, achei que não estava.

— Ei — ele segura meu rosto e me beija ternamente. — Estou bem. Você está bem. Tudo está bem.

Respiro fundo e digo antes que possa me acovardar:

— Micha, eu te amo.

Capítulo 22

Micha

Ela parece aterrorizada, olhos arredondados e corpo tremendo enquanto diz:

— Eu te amo.

Abro um sorriso.

— Já sei disso. Sabia desde aquele dia na ponte. — Ela parece confusa, então, explico melhor. — Quando você tentou partir, levei você até o nosso local especial, junto ao lago, para acalmá-la. Lá, você disse que me amava.

Seus lábios se movem.

— Eu disse... Por que você não me contou?

— Porque queria que dissesse de novo. Quando estivesse melhor. E devo dizer que demorou bastante.

Seus lábios se expandem em um sorriso. Não consigo me conter e a beijo.

Meu corpo avança sobre ela por conta própria, sem me importar com a intensa dor no braço. Ela passa os dedos nas minhas costas, enquanto suas pernas deslizam para os lados, dando-me permissão para juntar meu corpo ao dela. É isso que temos feito todas as noites nos últimos dias, quase indo até o fim, mas não completamente.

Subitamente, ela recua, e eu abro os olhos.

— O que há de errado?

Mordendo o lábio, ela fica sentada e eu me inclino para trás, dando espaço, enquanto ela tira a camisa e o sutiã e joga ambos no chão. Mechas de seu cabelo castanho caem sobre seu peito. Sorrindo, busco seus lábios novamente, mas ela balança a cabeça e se levanta sobre a cama, deslizando o *short* e a calcinha e descartando ambos no chão.

Vi Ella nua algumas vezes durante a semana — e uma vez, quando tínhamos dezesseis, ela deixou a cortina do quarto aberta —, e todas as vezes, minha adrenalina subiu. Ela se ajoelha na minha frente e me beija apaixonadamente, seus mamilos roçam meu peito. Seu corpo treme de uma forma que demonstra nervosismo.

— Faça amor comigo — ela sussurra em meus lábios.

Sonho com essas palavras em seus lábios desde os meus dezesseis anos.

— Tem certeza?

Ela confirma com a cabeça e um brilho nos olhos.

— Sim, tenho.

Espero mais alguns segundos para que ela tenha tempo de voltar atrás, se estiver indecisa. Ela permanece em silêncio, e, então, estende a mão e me ajuda a tirar a camisa, para que eu não tenha que levantar o braço. Seus dedos acariciam minha tatuagem, letras que escrevi sobre ela, mas acho que ela não sabe disso. Em seguida, suas mãos encontram o botão da minha calça e ela a desabotoa. Decidido a ajudá-la, tiro a calça e minha cueca.

Pegando uma camisinha da carteira, deito-a na cama e fico entre suas pernas.

— Tem certeza de que tem certeza? — Checo novamente.

Seu cabelo ruivo está espalhado pelo travesseiro, e a luz sobre nossa cabeça reflete em seus olhos verdes.

— Micha, tenho mais certeza disso do que de qualquer outra coisa na vida.

Subitamente, fico um pouco nervoso. É a primeira vez que estou com alguém de quem gosto de verdade, e tudo vai ser diferente.

O segredo de Ella e Micha

Preparando-me mentalmente, deslizo lentamente sobre ela para não a machucar. Suas pernas se contraem rapidamente em torno dos meus quadris, e seus olhos se fecham. Vou como muita calma, permitindo que respire para aliviar o incômodo. Quando ela abre os olhos novamente, vou um pouco mais fundo. Sua cabeça se retrai enquanto Ella força o ar pelo nariz. Começo a entrar e sair de dentro dela. Sua expressão incômoda lentamente se transforma em êxtase, e seus olhos se amenizam.

É a coisa mais linda que já vi.

Ella

No início incomoda — mais do que eu esperava. Fico imaginando por que há tanta comoção sobre sexo, mas quando ele começa a mover o corpo para trás e para frente, indo fundo dentro de mim, a dor vai desaparecendo, dando lugar ao prazer.

Mantenho as pernas em volta de seus quadris e me abro para ele à medida que seus lábios cobrem os meus. Ele me beija com fervor e começo a me soltar, liberando todo o controle do meu corpo e da minha mente. Deixo a cabeça cair para trás quando ele começa a chupar meus seios e meu pescoço, antes dos seus lábios voltarem ao encontro dos meus. Nossa pele se cobre de suor quando seus movimentos se tornam mais intensos, fazendo com que entre ainda mais fundo em mim. Grito seu nome à medida que um fogo ardente toma conta do meu corpo e tudo termina. Momentos mais tarde, seus movimentos diminuem até cessar por completo.

Sua cabeça está caída e sua respiração quente acaricia meu pescoço. Ele beija meu rosto e, em seguida, meus lábios, finalmente olhando em meus olhos e acariciando meu cabelo para trás de minha testa úmida.

— Eu te amo — ele sussurra com sinceridade.

Abro um sorriso enquanto ele desliza cuidadosamente para o lado. Então, ele me abraça e adormecemos relaxados e satisfeitos.

***

Quando acordo, vejo Micha sentado na cama de cueca, tocando *Behind Blue Eyes*, do The Who, em seu violão. Sua cabeça está inclinada para baixo e seus dedos tocam sem parar.

Sentando-me, esfrego o cansaço dos olhos enquanto seguro o lençol junto ao peito.

— Por que você está tocando sua música triste? — pergunto.

Ele continua cantando, com os olhos fechados, realmente entretido.

— Não é mais minha música triste. — Seus dedos continuam tocando.

Ajeito minhas pernas e me ajoelho à sua frente.

— Desde quando?

— Naquela noite em que você se abriu comigo, ela tocou várias vezes. Agora, toda vez que ouço essa música, penso em você.

Fecho os olhos e continuo ouvindo-o tocar mais um pouco, permitindo que sua bonita voz flua por minha pele. Quando para de tocar, abro meus olhos novamente ao sentir sua mão puxando o lençol. Grito, e depois dou risada à medida que ele me deita na cama e posiciona seu corpo sobre o meu. Eu o beijo apaixonadamente, dando atenção extra ao *piercing*.

— Tenho que confessar uma coisa — ele diz quando liberto seu *piercing* dos meus dentes.

O segredo de Ella e Micha

O tom de sua voz me deixa apreensiva.

— Tudo bem...

Ele suspira e passa os dedos pelo cabelo.

— Acho que vou pegar a estrada com Naomi e sua banda.

Sento-me na cama, chocada, e quase batemos cabeça com cabeça.

— Ela o convidou?

— Sim, há algumas semanas, mas disse a ela que precisava pensar a respeito. — Ele rola para o lado, levando-me junto e colocando minha perna sobre seu quadril, deixando-me vulnerável a ele. — Acho que isso é algo que preciso fazer, caso contrário, vou me arrepender pelo resto da vida.

Minha mente acelera, mas faço minha voz soar calma.

— Quando você vai partir?

Ele acaricia meu rosto com o dedo.

— Daqui a alguns dias.

Fechando os olhos, tento organizar meus pensamentos. Sei que devo deixá-lo ir, porque arrependimentos apenas nos corroem por dentro. Ainda sim, isso é muito difícil para mim.

Forço um breve sorriso enquanto abro meus olhos.

— Você vai me visitar em Vegas?

— Sempre que puder — ele diz, e sela meus lábios com os seus. — Prometo.

Capítulo 23

Ella

Decidimos visitar Grady antes de nos separarmos e cada um seguir seu próprio caminho. Amy, a enfermeira de Grady, ligou e me disse que ele ainda estava no hospital, mas que já estava autorizado a receber visitas. Levamos uma hora de carro nas montanhas até o Hospital Monroe, tentando aproveitar nossos últimos dias juntos.

É um dia radiante, ensolarado, e as árvores ao lado da estrada estão bem verdes. Coloco a cabeça para fora da janela, observando a estrada, sentindo que há muitas coisas na vida esperando por mim.

— O que você está fazendo? — Micha brinca, reduzindo o volume da música. — Imitando um cachorro?

Balanço a cabeça e olho para o céu azul, verdadeiro céu de brigadeiro.

— Não. Estou apenas curtindo este dia quente e lindo.

Ele ri de mim e volta a aumentar o volume da música. Continuo com a cabeça para fora da janela até que chegamos à cidade; só então me endireito no assento. Quando chegamos ao hospital, luzes azuis e vermelhas estão piscando no estacionamento. Sinto um aperto no coração, lembrando-me da noite em que vieram buscar o corpo da minha mãe.

Micha aperta minha mão, assegurando-me de que está comigo.

— Está pronta para isso?

Concordo com a cabeça e caminhamos de mãos-dadas pelo estacionamento, e, depois, entramos no hospital pelas portas

O segredo de Ella e Micha

de vidro automáticas. Há muitas pessoas sentadas na sala de espera e um bebê chora alto no colo de uma mulher. Meu nariz capta o cheiro de limpeza enquanto nos encaminhamos à recepção, onde uma secretária está ao telefone. Ela é jovem e usa um coque no alto da cabeça para prender seus cabelos escuros. Eu a flagro com os olhos em Micha quando desliga o telefone e se vira para nós.

Ela coloca as mãos no balcão.

— Posso ajudá-los?

— Sim, pode nos dizer qual é o apartamento de Grady Morris? — Micha pergunta com simpatia e educação.

Ela digita no teclado e encontra a informação que solicitamos.

— Ele está no segundo andar, apartamento 214.

Agradecemos e nos encaminhamos para o elevador. Micha balança o braço em torno de mim, grudando-me a ele quando chegamos ao andar. Coloco minha mão no bolso de trás de sua calça, como que a suplicar que ele me conforte. Quando entramos no quarto, minhas entranhas se contorcem até que percebo que Grady está sentado na cama, comendo um pote cheio de gelatina verde. Ele parece pálido sob a lâmpada fluorescente; seus braços praticamente são apenas ossos, e seus olhos estão mais fundos que na última vez que o vi. Uma máquina, do tipo que emite um "bipe" de tempos em tempos, está ligada a ele, e um tubo intravenoso está colado em sua mão. Alguns enfeites de sua casa estão pendurados nas paredes, conferindo-lhes um aspecto mais íntimo.

De alguma forma, ele consegue forças para sorrir.

— Era tudo que eu queria. Ver minhas duas pessoas queridas.

Eu me solto de Micha e puxo duas cadeiras, uma para cada lado da cama. Grady empurra a bandeja e coloca as mãos no colo.

— Então, vocês podem me dizer o que está acontecendo? — ele pergunta, e Micha e eu trocamos olhares confusos. —

Dada a entrada de vocês, cheios de carinho um com o outro, acho que vem coisa boa.

— Micha me obrigou a isso — brinco piscando para Micha. — Ele estava dando uma de bebê. Disse que precisava bancar o mimado.

Micha pisca para mim.

— Sim, e você adorou ter que me mimar.

Grady balança a cabeça e um riso fraco escapa de seus lábios.

— Ah, como é bom ver vocês dois juntos novamente — ele se cala e fixa a atenção em mim. — Você está mais feliz que da última vez que a vi.

— Estou mesmo mais feliz — digo-lhe, descansando os braços na cama.

— Mas você ainda não superou totalmente — ele diz, preocupado.

— É verdade — confirmo. — Mas vou continuar tentando.

Ele parece satisfeito com minha resposta.

— Tenho uma coisa para você lá no canto.

Micha e eu seguimos seu olhar até uma pequena caixa colocada no canto do quarto. Vou até ela e consigo espiar dentro. Meu sorriso se expande quando pego o vaso que quebrei quando era criança. É preto, com uns desenhos vermelhos na parte superior, mas a parte inferior ficou estilhaçada quando o quebrei; desde então, nunca mais se pôde colocar uma única flor nele.

Dirijo-me a Grady com o vaso nas mãos.

— Você guardou isso?

Ele dá de ombros.

— Só porque está quebrado não significa que perdeu a importância. E imaginei que um dia eu o daria a você, no dia em que percebesse que todos nós erramos e que tudo bem cometer erros. Eles fazem parte da vida.

Meus olhos ficam marejados.

— Obrigada, Grady. De coração, muito obrigada. Obrigada por tudo. Por me consolar na infância e me ensinar que nem tudo tem que ser difícil.

— Não há o que agradecer — ele responde com simplicidade.

Aproximo-me da cama e o abraço. Tento não chorar, mas algumas lágrimas escapam e rapidamente as enxugo antes que eu recue e ele as perceba.

Conversamos um pouco mais sobre as coisas que estamos fazendo. Em seguida, aparece uma enfermeira e nos manda sair para que ela troque os lençóis. Micha e eu saímos, sabendo que aquela, provavelmente, seria a última vez que o veríamos. Voltando para casa, choro durante todo o percurso, apertando o vaso quebrado. No entanto, com Micha ao meu lado, sei que vou ficar bem.

Micha

— Você tem certeza de que pegou tudo mesmo? Minha mãe pergunta pela bilionésima vez.

Nunca lhe contei o que meu pai havia feito. Não quero que ela tenha mais preocupações do que as que já tem. Essa é uma daquelas coisas que vou manter comigo para sempre.

Pego o estojo do meu violão no chão do quarto e jogo a mochila que uso como mala no ombro.

— Sim, mãe, peguei tudo. Dá para relaxar agora? Você está me deixando louco!

— Perdão — ela se desculpa. — Ah, espere! Você tem dinheiro suficiente?

Balanço a cabeça. Ela vai morrer de tanta preocupação.

— Claro que tenho!

Meus olhos se enchem de lágrimas e ela me dá um abraço tão forte que quase tira todo o ar que tenho no peito.

— Micha Scott, você é o melhor filho que uma mãe poderia querer.

Aperto os lábios, tentando não rir desse jeito excessivamente dramático que ela tem.

— Vou passar uns meses na estrada, mãe. Só isso. Não vou morrer.

Ela se afasta, limpando o rímel que escorre de seus olhos.

— O que não quer dizer que vou sentir menos saudades de você.

— Tudo bem, tudo bem! Vamos ver se diz isso quando eu voltar por uma semana e você começar a achar sutiãs na sua cama de novo.

Ela dá um tapa no meu braço e aponta para a porta.

— Está bem, agora você já pode ir.

Rindo, vou até a porta dos fundos. Naomi ainda não chegou, então, sento nos degraus, olhando para casa de Ella, perguntando-me se vai aparecer. Ela nunca gostou de despedidas; por isso, quando vejo a janela do quarto dela se abrir, fico surpreso.

Mas fico mais surpreso ainda quando ela passa pela janela e desce pela árvore. Ela usa um vestido *sexy* sem alças, e seus cabelos ruivos cobrem seus ombros nus. Ela não diz nada enquanto se lança para mim, colocando os braços em volta do meu pescoço. Sinto sua respiração quente na minha orelha e ela se esconde na lateral do meu pescoço. Largo o estojo do violão e a mochila de roupas; suspendo-a do chão e a abraço com todas as minhas forças.

— Vou sentir saudades de você — ela cochicha com suavidade.

Toco-a nas costas, para cima e para baixo, para baixo e para cima, com os olhos fechados e procurando inspirá-la para dentro de mim.

— Tudo vai ficar bem. Estarei de volta para encher seu saco antes mesmo que você perceba.

Ela me olha com seus grandes olhos verdes e, em seguida, cola seus lábios nos meus, beijando-me indefinidamente, beijando-me sem fim. Minhas mãos sentem a suavidade de sua pele e cada parte de seu corpo, memorizando cada curva. Apoiamo-nos em uma árvore com sombra e deslizo minha mão por baixo do vestido dela, para senti-la lá também.

— Muito bem, Romeu, é hora de ir. — Naomi toca a buzina da caminhonete.

Suspirando profundamente, libero Ella, permitindo que recoloque seus pés no chão.

— Vou ligar todos os dias.

Beijo-a uma última vez e entro no carro. Com os braços cruzados e lutando para não desmoronar, ela me acompanha com os olhos o tempo todo. Quando nos aproximamos da avenida na qual temos que virar para chegar à estrada, consigo vê-la praticamente no meio da rua, com os olhos fixos em mim. Finalmente, ficamos fora do alcance de visão um do outro.

Capítulo 24

Ella

— Tem certeza de que quer fazer isso? — pergunto a Lila pela milésima vez.

Ela coloca a última caixa no porta-malas e posiciona melhor os óculos.

— Hum... deixe-me pensar. Voltar para uma casa onde não sou nada exceto um fardo... ou voltar ao *campus* com você e me divertir um pouco?

Tiro um pouco da sujeira acumulada sob minhas unhas.

— Só estou perguntando para que você pense bem, antes que se comprometa e se envolva.

Ela pega minhas mãos e as balança.

— Quero ir com você, é isso mesmo! Então, vá se despedir do seu pai para que possamos pegar a estrada!

— Tudo bem, já volto.

Cruzo o gramado da frente em direção à porta quando Ethan para a caminhonete na entrada da minha garagem.

Vou até a janela da caminhonete e descanso meus braços ali.

— Então, recebeu minha mensagem?

Ele parece ter acabado de sair do trabalho; tem graxa no rosto e nas roupas, e seus cabelos escuros estão com alguns fragmentos de ferrugem.

— Sim, e calculei que chegaria a tempo de me despedir de vocês duas.

Inclino a cabeça para o lado e lanço-lhe um olhar acusador.

— Não tente fingir que você está aqui por minha causa.

O segredo de Ella e Micha

Ele coloca a mão sobre o coração, fingindo-se magoado.

— Meu coração está sangrando e você ainda está fazendo piadas... Uau, você realmente é má.

— Sim, sim — respondo recuando um pouco para que ele possa abrir a porta e sair. — Vou dar um minuto para vocês dois.

— Acho que você está superestimando o que está acontecendo entre nós.

— Bem, eu não faria isso se um de vocês me dissesse o que está acontecendo.

Ele encolhe os ombros e depois contorna a parte traseira da caminhonete. Virando os olhos, entro em casa para dizer ao meu pai que estou saindo e que pretendo voltar em algumas semanas para falar com Dean. Depois de uma longa conversa ao telefone com ele, e certamente muita persuasão por parte de Caroline, decidimos que nos reuniríamos aqui, quando Dean pudesse tirar uma folga do trabalho, e daríamos um ultimato a papai. Provavelmente será uma das coisas mais difíceis que farei, porque sei que haverá coisas durante a conversa que vão me machucar. Mas vou até o fim, porque agora entendo com o que posso lidar.

Encontro-o no sofá, comendo um jantar feito no micro-ondas, com seis latinhas de cerveja na mesa de centro bem a sua frente. Está assistindo à televisão, com um cigarro na mão, e mal nota minha entrada na sala.

— Ei, pai — digo ao entrar. — Estou me preparando para partir.

Ele tira os olhos da televisão de imediato. Parece assustado, e me pergunto se ele estava mesmo assistindo ou se estava perdido em pensamentos.

— Ah, sim, tudo bem. Mas tenha cuidado, dirija com atenção.

Jessica Sorensen

Minhas mãos estão suadas; esfrego-as e caminho em sua direção.

— Dean e eu voltamos em algumas semanas.

Ele coloca a bandeja na mesa de centro e pega uma cerveja.

— Para quê?

Inquieta, bato minhas mãos nas laterais das minhas pernas.

— Queremos falar com você sobre uma coisa.

Ele deixa a cerveja de lado.

— Ué, Dean já foi embora?

Balanço a cabeça, sentindo-me culpada por também ter que partir.

— Ele foi para casa uma ou duas semanas atrás... Pai, que tal você cuidar um pouco mais de si mesmo? — respiro fundo e dou uma dica: — Que tal, por exemplo, parar de beber tanto?

Ele olha para a fila de cervejas na frente dele como se só agora percebesse que estavam lá.

— Ah, eu não bebo tanto assim... Ou bebo?

Suspiro e sento-me no sofá ao lado dele.

— Você não bebia assim, mas agora isso é tudo que você faz... Você bebe demais...

Ele sacode a cabeça para cima e para baixo.

— Tudo bem, tentarei reduzir.

Sei que não vai, mas espero que Dean e eu, juntos, consigamos convencê-lo a procurar uma entidade de reabilitação, como o A.A., por exemplo, onde ele possa obter a ajuda e o aconselhamento necessários. Dou-lhe um abraço, embora ele recue um pouco. Saio, então, esperando que ele fique bem. No entanto, estou ciente de que até que ele decida mudar, tudo o que posso fazer é tentar ajudá-lo.

Epílogo

Ella

Estou de volta a Las Vegas há quase duas semanas e agora as coisas estão bem. Matriculei-me em alguns cursos de artes no verão e o meu estágio no museu é ótimo, apesar de eu passar a maior parte do dia limpando o que as pessoas sujam e atuando como mensageira. Também comecei a fazer terapia. Por mais que eu queira acreditar que estou melhorando, a escuridão às vezes me ataca quando estou sozinha e perdida em meus pensamentos. Meu terapeuta, no entanto, é uma pessoa agradável, e as sessões parecem estar ajudando.

Lila me emprestou seu carro para o final de semana, para que eu possa voltar para casa e encontrar Dean e meu pai. Fico feliz por fazer a viagem sozinha. Dessa forma, tenho doze horas para me preparar mentalmente. Mas, no fundo, devo admitir que adoraria que Micha estivesse comigo.

— Tem certeza de que não quer que eu vá com você? — Lila pergunta no momento em que pego a alça da minha mala e dou uma olhada em tudo para ver se não esqueci alguma coisa.

Balanço a cabeça.

— Vou ficar bem, de verdade. E você tem aula, e seu tutor de matemática, enfim... — Paro na porta, precisando aliviar algo no peito. — Lila, obrigada por me emprestar seu carro e por sempre estar ao meu lado.

Seu sorriso é radiante.

— Não fique toda chorosa para mim. Você só vai ficar uns dias fora, bobinha.

Rimos juntas, descendo as escadas e saindo do prédio. Nosso apartamento fica bem no *campus*, portanto, o carro de Lila fica no estacionamento a maior parte do tempo. Quando chegamos à grama que cobre todo o *campus*, meu celular começa a tocar no meu bolso; o toque é uma canção triste que acabou se tornando feliz.

— Meu Deus, de novo? — Lila joga a cabeça para trás de forma dramática. — Vocês dois não conseguem passar cinco minutos sem se falar?

— Não. — Sorrio e atendo ao telefone enquanto Lila rapidamente se distancia, para nos dar privacidade. — E aí, como está o tempo em Seattle?

— Na verdade, muito ensolarado — diz Micha, e consigo ouvir o sorriso em sua voz.

Empurro minha mala de rodinhas até que ela fica presa em um buraco no gramado.

— Que engraçado! Pensei que a previsão fosse de chuva por aí...

— Que nada! O céu está azul e o sol está de fritar o cérebro — ele conta. — E realmente estou curtindo a vista.

— Que bom, fico feliz — digo, louca de saudades dele. — Você ainda vem no final de semana que vem?

— Bom, na verdade, houve uma ligeira mudança de planos — ele responde. — E não vou poder sair no próximo fim de semana.

Paro no meio da grama, fazendo um bico de tão zangada que fico.

— Ah... Tudo bem.

Ele ri baixinho no telefone.

— Sabe, você fica linda quando faz esse biquinho de zangada!

— Como é que você sabe que essa é minha cara agora? — pergunto.

— Do mesmo jeito que sei que você está vestindo um *short* sensual e que arrumou o cabelo — ele diz, e começo a olhar ao redor do *campus*, vendo pessoas andando na quadra, nas calçadas... — A propósito, sua bunda está linda!

Largo a mala e giro com o celular ainda grudado no ouvido. E então, vejo-o no estacionamento, ao lado de uma caminhonete, usando calça *jeans* preta, uma camiseta apertada e aqueles olhos azuis como o céu. Largo o celular e corro ao encontro dele, sem me importar com as demais pessoas, que olham para mim como se eu estivesse maluca.

Não desacelero nem mesmo quando chego perto dele; ele me suspende do chão logo que me atiro em seus braços. Micha me pega e coloco minhas pernas em volta dele, beijando-o com tanta paixão que o *piercing* que ele usa no lábio acaba cortando o meu. Finalmente nos desgrudamos, ofegantes, mas felizes, com os olhos parecendo selvagens.

Ele coloca uma parte do meu cabelo atrás da minha orelha.

— Não achou que eu ia deixar você voltar para casa sozinha... Ou achou?

— Mas você disse que tinha de tocar neste fim de semana!

— Eles podem tocar uma vez sem mim. Isto agora é mais importante.

Quase começo a chorar, e aí, ele ameaça entrar em pânico.

— Ella May, o que há de errado? — Ele pergunta. — Isso é bom, não é?

— É claro que sim! — Exclamo, olhando bem no fundo de seus olhos. — Eu te amo.

Ele sorri, e antes de grudar seus lábios nos meus, cochicha:

— Também te amo. E muito!

E então nos beijamos com intensidade, sem nos importarmos com as pessoas que nos olham e que cochicham a nosso respeito. Para elas, somos apenas duas pessoas nos exibindo em público, no estacionamento da universidade. Nunca vão entender como foi que chegamos até ali. Infelizmente... E nunca vão imaginar quantos anos investimos neste relacionamento... Mas, tudo bem.

Esse segredo é só nosso.

Trilha sonora de
O segredo de Ella e Micha

1. *All the Same* do Sick Puppies
2. *The Story*, de Brandi Carlile
3. *Shameful Metaphors*, de Cevelle
4. *Rush*, do Dance Movie
5. *Behind Blue Eyes*, do The Who
6. *Black Sun*, de Jo Mango
7. *Sail*, de Awolnation
8. *The Distance*, do Cake
9. *Live and Die*, do The Avett Brothers

Agradecimentos

Em primeiro lugar, quero começar agradecendo imensamente ao meu marido por cuidar das crianças e da casa enquanto eu me trancava no escritório, escrevendo durante as horas absurdas da madrugada.

E aos meus três filhos, que me fazem sorrir todo dia.

A Kristin Campbell e a minha mãe, vocês são demais. Leram cada um dos livros que empurrei para cima de vocês e me ajudaram a melhorá-los.

A meu pai, que respondeu às minhas perguntas sobre carros e me ensinou a linguagem correta a ser usada.

E a minha estrela do *rock* favorita, Regina Wamba, por ser a melhor artista *cover* que eu já vi.